서로 배우고
함께 자라요

서로 배우고 함께 자라요

방정환한울어린이집
봄·여름·가을·겨울 이야기

최경미 지음

도서
출판 모시는사람들

차례

서로 배우고
함께 자라요

봄 햇살,
싹 틔우다

여름 햇살,
이파리에 초록물 들다

가을 햇살,
열매로 여물다

겨울 햇살,
고요히 땅에 힘주다

5년 전에는 생태라는 말조차 낯설던 때
이제 '생태'라는 말이 보편적으로 쓰이는 시점
방정환한울어린이집은 한 걸음 더 나아가 '영성'에
힘주기를 해 보려고 합니다

프롤로그

스스로 자라고 서로 배우는 기쁜 우리

"어린이는 한울입니다"('방정환 어린이운동'을 되살리며)

2014년 9월 방정환한울어린이집(경주시 현곡면)이 동학의 성지인 용담정에서 가까운 곳에 문을 열었습니다. 동학의 모심사상(侍天主)을 계승한 방정환 교육철학을 바탕으로 '어린이는 한울'로 모시고 영성과 생태를 중심으로 하는 배움터를 만들어 가고자 합니다.

방정환한울어린이집이
만들어지기까지

방정환한울어린이집은 한울연대(동학 사상의 사회적 실천을 목적으로 2010년에 만들어진 비영리 환경단체)가 2013년 겨울 수련회를 통해 제기한 교육문제를 2014년 핵심 활동으로 선정하고, 그 첫 번째 사업으로 어린이집 설립을 통한 교육운동을 하기로 결정했습니다. 성공적인 어린이집 설립을 위하여 마음과 정성을 모으는 과정에서 마음수련을 21일 동안 진행했습니다. 21일 수련을 일곱 번 반복하고, 나중에는 49일 수련으로 확장되었는데, 어린이집 설립 추진 과정에서 맞닥뜨려야 하는 어려움들을 극복해 나갈 수 있는 궁극적인 힘이 되었습니다.

생태어린이집의 모습을 갖추기 위한 환경을 만드는 작업은, 몇 차례 시행착오를 거듭한 끝에 생태건축을 하고 있는 좋은 목수님을 만나면서 공간 구성에 속도를 내기 시작했습니다. 더 큰 문제는 예산 확보였습니다. 이 문제를 해결하기 위해 사업의 취지와 목표를 더 많은 사람들에게 알리고 이 뜻에 동참할 사람을 찾아 나섰습니다. 어린이집을 개원하기까지 예산 1억을 만드는 과정에서 130여 명의 후원자가 생겨나는 기적과 같은 일이 일어났습니다. 어린이집으로 들어가는 현관문을 열면 제일 처음 한 벽면에서 천정으로 이어지는 나무와 가지를 볼 수 있습니다. 그 가지마다 매달린 동그란 나무토막에 후원자들의 이름이 적혀 있습니다. 그 많은 사람들의 마음과 정성이 결집되어 만들어진 어린이집이기에 그 기운이 내내 아이들을 지켜줄 것입니다.

자연 속에서
어린이 스스로 배우는 프로그램

마당에는 아이들이 마음껏 흙 놀이를 할 수 있도록 흙을 깔았습니다. 그리고 커다란 흙 동산과 동굴을 만들었습니다. 아이들은 그 동굴 속을 드나들며 놀이를 하고, 흙 동산의 흙으로 두꺼비집도 만들고 밥과 반찬을 해서 소꿉놀이도 합니다. 흙 동산 곁에 있는 커다란 바위는 평상이 되고 그 주변에는 나무등치로 의자를 배치했습니다. 나무 울타리 위에는 작은 풀꽃들을 심을 수 있는 좁고 긴 화단을 만들었는데 봄이 되면 아이들 눈높이에 꽃들이 피어날 것입니다. 마당 한쪽에는 닭장도 만들어서 마을 어른이 분양해 주신다는 닭을 두 마리 키우려고 합니다. 아이들은 꼬꼬닭과 이야기를 나누고 먹이를 주면서 함께 커 갈 것입니다. 건물 벽 오른쪽으로는 작은 텃밭이 있습니다. 마을 어른이 경작하는 밭인데, 따뜻한 봄이 오면 그 텃밭에 작물들을 심을 수 있도록 허락해 주었습니다. 인제 아이들은 작은 농부가 될 것입니다.

　방정환한울어린이집을 처음 구상할 때 숲 생태어린이집에 대한 공부를 하고 자료를 모으면서 우리는 실내에서 뭔가를 가르치기보다 매일 나들이를 하면서 자연 속에서 스스로 배우기를 원했습니다. 그렇다면 매일 나들이를 할 수 있는 환경이 있어야 하는데, 마침 어린이집 근처에 야산이 있고, 용담정, 저수지, 들판, 과수원, 계곡 등이 있었습니다. 아이들은 매일 아침 나들이를 갑니다. 겨울 들판에서 논둑을 걸으며 몸의 균형을 잡고, 가을 걷이를 하고 남겨진 고구마를 발견하고 환호성을 지릅니다. 고구마를 캐다 만난 튼실한 지렁이와 한참 동안 친구가 되기도 합니다. 계곡을 따라 올라 가면서 3살 아이도 아주 씩씩하게 모험을 즐깁니다. 오히려 5살 언니보다 더 두려움 없이 엎어지고 미끌어지면서 비탈길을 오르고, 차가운 물에 장화 신은 발이 빠지는데도 포기하지 않고 끝까지 탐험을 합니다. 이미 아이들 속에 세상을 살아갈 모든 정보가 내재되어 있음을 확인하고 감동하는 순간 입니다. 그렇게 아이들은 자연 속에서 자연으로 자라고 있습니다.

어린이는 본래
무한한 가능성을 가진 영성적 존재

방정환한울어린이집의 특징을 하나 더 보탠다면 할머니 선생님 혹은 방울들(자원활동가)이 함께 한다는 것입니다. 나들이에서 주도적인 역할을 하고 있는 선생님도 할머니 선생님입니다. 어릴 때 산과 들에서 놀았던 경험을 되살려 내며 아이들을 그 놀이의 세계로 안내합니다. 연륜과 경험을 고스란히 녹여내어 부모에게서 모자란 그 2%를 채워 주면서 자연스레 3세대 공동체를 만들어 가고 있습니다.

생태어린이집을 만든다고 할 때 사람들이 어떤 프로그램이 있냐고 물었습니다. 방정환한울어린이집에서는 날마다 새 날을 열고 다양한 공간들에서 일어나는 모든 경험들이 우리의 프로그램입니다. 그래서 방정환한울어린이집의 차별화는 교사에게 있습니다. 그 환경을 볼 수 있는 생태적 식견과 자연환경 속에서 변화하고 성장하는 아이들을 관찰할 수 있는 눈을 가진 선생님, 아이들은 본래 영성적 존재로 스스로 할 수 있는 무한한 가능성을 가지고 있다는 믿음을 가진 선생님이 필요합니다. 이것이 방정환한울어린이집이 끊임없이 노력하고 성찰해야 할 지점이고 아이들과 함께 성장해 가야 할 중심 과제입니다. 아이들과 선생님들이 만나는 시간동안 부모 또한 함께 변화를 거듭해 갈 것으로 기대합니다. 부모의 변화야 말로 방정환한울어린이집이 중요하게 여기는 또 하나의 커다란 목표이기도 합니다.

여전히 다듬고 지켜가야 할 것들이 많습니다. 그래도 더듬어 새 길을 내는 일을 기꺼이 하고자 하는 사람들이 함께 하고 있으니 다행입니다. 130여 명의 후원자들의 정성에 힘입어 한 발 한 발 나서고 있습니다. 운영비를 어떻게 만들어갈 것인가도 당면한 문제입니다. 돈으로 가치를 환산하지 않고 나눔과 협동으로 돈의 가치를 뛰어넘을 수 있도록 정성을 기울이겠습니다. 소파 방정환선생님이 '동학의 모심사상(侍天主)'을 기반으로 어린이 해방운동을 펼쳐 내셨던 것처럼 '어린이는 한울입니다'라는 모토 아래 방정환 교육철학을 실천하는 배움터를 만들어 가도록 하겠습니다.

앞글은 어린이집을 개원 한지 5개월쯤 된 시기에 썼던 글인데 어떻게 시작했는지를 엿볼 수 있습니다. 이제 5년이 흘렀고 앞에서 언급했던 첫 마음들이 중심을 잃지 않으면서도 어떻게 변주를 해 내갈 수 있을지 그 길을 찾아가는 중입니다.

　방정환한울어린이집을 열면서 표방했던 '생태영성어린이집'은 이곳 경북 지역에서는 흔하지 않았습니다. 서울 경기 지역에서는 생태어린이집이나 숲 유치원 등이 여기저기에서 생겨나면서 붐을 일으키고 있던 터였지만 지방에서는 특히나 경북 지역은 거의 찾아볼 수 없는 상황이었습니다. 그런 상황에서 생태어린이집을 내세우며 문을 열었고, 그게 뭔지 궁금해 하는 부모들을 만나왔습니다. 지금은 '생태활동'을 내세운 유아교육현장들이 많이 늘어났을 뿐 아니라, 정부 정책으로도 바깥나들이를 적극 권장하면서 더욱 확산되었고, 내년에는 누리과정의 핵심내용이 된다고 합니다.

　그런 긍정적인 변화와 더불어 세간의 이목을 집중시키는 일들이 유아교육기관에서 발생하기도 했습니다. 교사가 아이들을 폭행하는 사건이 연이어 터져 나오면서 관심이 온통 집중되기도 했었지요. 결국 그 해결책으로 등장한 것이 CCTV를 모든 유아교육기관에 설치하는 의무규정이 생긴 것입니다.

　방정환한울어린이집에서는 그것이 근본적인 대책이 될 수 없다고 보고 부모님들의 동의하에 CCTV설치를 하지 않았습니다. 날마다 나들이에 부모들이 보조 교사로 함께 하고, 한 달에 한번 부모 모임(도란도란)을 통해 어린이집 운영에 적극적으로 참여하며 부모 동아리활동(책모임, 풍물 등)을 하면서 어린이집을 언제든지 드나들 수 있는 개방적인 현장으로 CCTV를 대신했습니다.

아이들 등하원 과정에서 발생한 차량사고들로 인해 어린이집이 다시 매스컴에 오르내리는 일들이 일어났습니다. 이에 대해 정부가 내놓은 해결책으로 차량보조금을 지원해서 등하원 차량에 안전벨을 설치하고, 노후된 차량을 바꾸도록 했으며 내년부터는 등하원 시스템을 만들어서 아이들이 들고 날 때마다 부모한테 연락이 가도록 하겠다고 합니다. 당장의 불은 끌 수 있는 방법이 될지 몰라도 유아교육 현장의 근본적인 문제를 해결하는 대책으로는 미약하다고 여겨집니다.

또, 최근 몇 년 사이 정부에서 국공립어린이집을 확대하는 정책을 시행하는 과정에서 민간어린이집의 존립이 어렵게 되는 상황이 발생하면서 여전히 혼란스런 시기를 보내고 있습니다. 무엇보다 아쉬운 점은 국공립어린이집과 민간어린이집 유아들에 대한 정부지원이 다르다는 것입니다. 부모들이 어느 곳을 선택하든지 아이들 하나하나에 대한 지원은 동일할 수 있도록 우선적으로 정책보완이 되기를 기대하고 있습니다.

뿐만 아니라 정부 부처 간에 상호 협력이 제대로 안 되면서 유치원과 어린이집의 간극이 더 커지고, 노동자로서의 최저급여와 유아의 정부지원금의 상승 폭이 큰 차이를 보이면서 발생하는 운영상의 문제가 최근 몇 년 사이에 심각성을 더해 왔습니다.

이러한 유아교육현장의 여러 문제들을 방정환한울어린이집도 피해갈 수 없지만 부모와 교사의 소통과 협력 속에서 느리지만 꾸준한 발걸음으로 나아가고 있습니다.

5년 전에는 생태라는 말조차 낯설던 때인지라 '영성'까지 드러내기는 어려운 현실이었습니다. 이제 '생태'라는 말이 보편적으로 쓰이는 시점이 되었기에 방정환한울어린이집은 한 걸음 더 나아가 '영성'에 힘주기를 해 보려고 합니다.

　방정환한울학교의 제1배움터로서 방정환한울어린이집을 개원한 이후 2017년 7월에는 제2배움터로서 방정환텃밭책놀이터를 열었습니다. 그 과정에서 방정환교육철학을 정리해 내는 성과가 있었고, 방정환말꽃모음(단비) 책도 출간하였습니다. 무엇보다 소파방정환선생님에 대한 공부를 해오던 과정에서 '스스로 자라고 서로 배우는 기쁜 어린이'라는 구체적인 지향점을 찾아내기도 하였습니다.

　'어린이는 한울입니다'라는 모토를 '스스로 자라고 서로 배우는'으로 구체화 시키면서 어린이는 본래 스스로 자랄 수 있는 무한한 가능성을 가진 영성적 존재임을 확고한 신념으로 두고 서로 배우는 과정, 즉 관계 맺음을 통한 생태적 삶을 실현해 갈 수 있는 배움터를 만들기 위한 노력들을 하고 있습니다.

　방정환한울어린이집의 두 중심 내용인 영성과 생태활동은 영성 프로그램으로서 새날열기(함께절, 맑은물, 나누미), 모심인사, 다섯가지 약속이 있고, 생태 프로그램으로서 날마다 나들이, 마당놀이, 먹거리, 세시풍속에 따른 1년 살이 등으로 정리해 볼 수 있겠습니다.

　아직 가야 할 길이 멀지만 5년이라는 매듭 하나를 짓고 다시 나아가는 걸음에는 영성을 중심으로 한 생태적 활동들이 서로 조화롭게 이루어지는 가운데 스스로 자라고 서로 배우는 기쁜 우리가 될 수 있도록 마음 모아가겠습니다.

방정환한울어린이집

봄 햇살,
싹 틔우다

"서로 배우겠습니다" 하루를 시작하는 첫 인사말입니다.
어린이들이 어린이집에 등원을 하면 선생님과 둥글게 원을 그리며
마주 서서 서로 큰 절을 하는데 이때 하는 인사말입니다.
세상 만물이 모두 한울을 모신 존재로서
서로 존중하고 평등하게 여기는 마음을 표현하는 말입니다.

새날열기

"서로 배우겠습니다"

하루를 시작하는 첫 인사말입니다. 어린이들이 어린이집에 등원을 하면 선생님과 둥글게 원을 그리며 마주 서서 서로 큰 절(함께절)을 하는데 이때 하는 인사말입니다. 세상 만물이 모두 한울(무한한 가능성을 가진 신성한 기운)을 모신 존재로서 서로 존중하고 평등하게 여기는 마음(敬天, 敬人, 敬物)을 표현하는 말입니다. 선생님과 어린이 모두 한울을 모신 존재로 서로를 존중하겠다는 말이며, 날마다 만나게 되는 풀꽃과 나무, 해님과 바람, 흙과 작은 벌레들까지, 나아가 물건 하나하나까지도 서로 교감하면서 배우겠다는 말이기도 합니다.

맑은물

절을 하고 난 뒤 원형을 그대로 유지하며 앉습니다. 원의 가운데는 투명한
유리 주전자에 물이 담겨져 있습니다. 어린이들이 한 사람씩 돌아가면서
그날 자기의 마음을 담습니다. 교사까지 모두의 마음이 담기면 그 물을 각
자의 찻잔에 따라서 나누어 먹습니다. 이런 활동을 '맑은물'이라고 이름을
지었습니다. 지금 나의 마음을 들여다보면서 말로 표현해 보고 친구들의
마음도 귀 기울여 듣고, 마음을 담은 물을 나누어 마심으로써 바람을 담은
말들이 기도처럼 우리의 하루를 지켜줍니다. 마음을 담은 '맑은물'을 마시
는 것은 마음에 힘주기입니다.

　"나들이 가서 달이랑 재미있게 놀고 싶어요."

　"오늘은 나비를 꼭 만나고 싶은 마음을 담습니다."

　"감기에 걸린 별이가 빨리 나아서 왔으면 좋겠어요."

나누미(米)

해월 최시형 선생님(동학의 2세 교조)은 '밥 한 그릇에 세상의 모든 이치가 다
들어 있다.(萬事知 食一碗)'고 말씀하셨습니다. 밥 한 그릇이 있기까지는 해
와 비, 바람과 흙 등 모든 자연의 도움이 있어야 하고 사람의 수고로움이 더
해져야 하니 밥을 먹을 때 그 고마움을 생각할 줄 알아야 하고, 자연과 사람

모두의 노력으로 만들어진 것이니 모두 고루 나누어 먹어야 한다는 의미를 담고 있는 말입니다. 그 의미를 담아 어린이들과 '나누미' 활동을 합니다. 오늘 밥을 지을 쌀이 담긴 그릇에서 한 숟가락을 들어서 다른 그릇에 옮겨놓으며 천지자연과 애써 준 사람들한테 고맙다는 말을 합니다.

"농부 아저씨 고맙습니다.", "엄마 고맙습니다."

"해님 고맙습니다.", "지렁이님 고맙습니다."

"바람님, 비님, 풀벌레님, 풀꽃님, 시냇물님… 고맙습니다."

지금은 각 가정으로 확산되어 부모님들도 밥을 지을 때 쌀을 가족의 수만큼 숟가락으로 덜어내어서 모아두었다가 어린이집에 가져옵니다. 어린이집에 마련된 나누미 항아리에 부어두면 모아진 쌀은 어린이집에서 사서 먹습니다. 그렇게 모아진 기금으로 초록우산, 월드비전 등에 후원하고 있습니다.

마음 하나 생각 둘

간단한 스트레칭으로 몸을 먼저 풉니다. 길게 숨을 들이마시고 길게 뱉어내기를 서너 번 하고 나면 가만히 눈을 감습니다.

"얘들아~ 오늘은 나비를 만나러 가 봅시다. 어제 숲에서 만났던 나비가 지금은 어디서 무엇을 하는지 마음으로 찾아가는 거예요. 마음 생각 20까지 눈을 꼬옥 감고 나비한테로 가 봅시다. 마음 하나, 생각 둘, 마음 셋, 생각 넷… 마음 열아홉, 생각 스물. 자 이제 눈 뜨세요. 나비를 만났나요?"

방정환한울어린이집 아이들은 날마다 나들이를 갑니다.
숲과 들로 우쭐우쭐 나서는 길에 햇살, 바람, 나비, 구름,
풀벌레 같은 숲 친구들을 만납니다.

나들이

방정환한울어린이집 아이들은 날마다 나들이를 갑니다. 숲과 들로 우쭐우쭐 나서는 길에 햇살, 바람, 나비, 구름, 풀벌레 같은 숲 친구들을 만납니다. "안녕~" 인사를 합니다. 어제 보았지만 오늘 또 볼 수 있어서 반갑습니다. 어제보다 조금 더 자란 애기똥풀에게 '참 예쁘다!' 말해 주고, 살살 불어오는 바람에 민들레 씨앗을 날리고, 솔방울 하나 친구 삼아 이야기를 나누다 보면 숲속에 와 있습니다.

말을 걸다

숲속에 있는 키 큰 도토리나무와 작은 봄까치꽃도 나와 다름없이 소중한 생명입니다. 서로를 존중하는 몸짓으로 인사를 건네며 말을 겁니다. 한번, 두번 하다 보면 어느새 친구가 됩니다. 숲속 친구들과 놀다 돌아올 시간이 되면 솔방울도 돌멩이도 주머니 가득 넣어서 오고 싶습니다. 숲속 친구들의 집은 숲이니까 있던 곳에 잘 두고 가야 한다고 선생님이 일러줍니다. 처음엔 떼를 쓰며 갖고 싶다고 말하던 아이들도 하루 이틀 시간이 지나면 손에 쥐고 있던 것들을 내려놓고 손을 흔들며 인사를 합니다. "솔방울아 안녕~, 내일 또 만나. 다음에 또 놀러올게."

오감으로 만나다

눈을 커다랗게 뜨게 하는 신비로운 것들이 숲속에는 많습니다. 알 수 없어서 두렵기 조차 합니다. 호기심 가득한 눈으로 들여다보고, 맛을 보고, 소리를 듣습니다. '뭐지?' '어어어~' '와~ 많다' '가만히 있어봐~' '나도 좀 보자' 종알종알 이야기들이 쏟아집니다.

그러다 물어봅니다. "나무야, 이파리 하나 가져도 되니?" " 하나만 맛봐도 될까?" 필요한 만큼만 가질 줄 아는 마음을 배웁니다. 나눠준 숲속 친구들에게 고마움도 잊지 않습니다. "진달래야, 고마워."

신명나게 놀다

엄마랑 헤어지는 게 아직 익숙하지 않은 아이도 나들이를 가자 하면 울음을 뚝 그칩니다. 나들이는 우는 아가도 달래는 재미난 것들이 많습니다. 아이들은 숲에서 놀기를 좋아합니다. 나무막대기는 마법의 지팡이가 되고, 낚싯대가 되기도 합니다. 나무타기에도 도전하고, 커다란 나무를 옮겨와서 집을 짓는가 하면, 모내기를 한 논에 낚싯대를 드리운 채 시간 가는 줄 모릅니다. 추운 겨울날 물웅덩이에 얼음을 콩콩콩 깨는 재미, 비 오는 날 옷 젖는 줄 모르고 첨벙거리는 재미에 쏙 빠져듭니다. 해가 쨍쨍한 날이나 비가 오는 날, 구름이 잔뜩 끼거나 바람이 몹시 부는 날에도 아이들은 자연을 친구 삼아 노는 일이 신납니다.

함께 가는 길을 찾다

놀다 보면 다툼이 생길 때도 있지만 그것은 함께 살아가는 법을 배우는 과정입니다. 끝내 손을 내밀어 친구가 되어야 한다는 것을 아이들은 배워 가고 있습니다. 자연도 마찬가지입니다. 서로 손잡고 함께 걸어가는 길, 숲에서 그 길을 찾아가는 중입니다.

　방정환한울어린이집에 처음 온 아이들 중에는 흙을 만지는 것도, 개울물에 발을 담그는 일도 쉽지 않은 친구들이 있습니다. 그러면 몸에 익숙해진 친구들이 말을 합니다. "내가 도와줄까?" 그리고 손을 내밀어 한 발 한 발 가까이 다가서게 합니다. 익숙하지 않아서 두려운 것들은 함께 하는 가운데 서로 배우게 됩니다.

'산들맘'은 부모가 보조교사 역할을 하게 하는 것보다
더 중요한 목적이 있는데, 생태 영성 활동에 대한
부모의 이해를 높이고 아이들의 생활을 어린이집에서만 머물게
하지 않고 가정으로 이어지게 하는 것입니다.

부모공동체를 만들어가는
'산들맘(산·들·마음)'

교육의 주체는 아이, 부모, 교사입니다. 이 세 주체가 서로 조화롭게 잘 어우러질 때 교육의 질이 높아지고 서로를 행복하게 합니다. 그런 맥락에서 방정환한울어린이집에서는 부모 참여 활동이 많습니다. '도란도란'은 한 달에 한번 부모와 교사가 만나서 운영에 필요한 일들을 의논도 하고 행사를 준비하기도 하며 부모교육을 하는 자리이기도 합니다. 그동안 진행한 부모교육으로는 '부모역할교육', 영성교육으로서 '마법학교', '행복한 그림책 읽기' 등입니다.

또 다른 어린이집에서 쉽게 찾아보기 어려운 활동이 부모동아리인데, 현재 세 개의 동아리가 있습니다. '산들맘(산·들·마음)', 그림책 읽는 '잘잘잘', 공방모임 '요고조고'. 그림책 읽는 '잘잘잘'은 격주로 만나서 함께 그림책을 읽고 이야기를 나누는데, 아이들의 이야기를 잘 들을 수 있는 큰 귀를 만들어 가고 있는 중입니다. 공방모임 '요고조고'에서는 나들이할 때 물을 담아갈 어깨끈 가방을 엄마들이 직접 만들기도 했습니다.

'산들맘'은 부모들이 차례를 정해서 아이들 나들이에 보조교사로 참여하는 활동입니다. 처음에는 희망하는 부모님들만 했는데, 지금은 특별한 사정이 있는 경우를 제외하고 한 달에 한번은 산들맘에 참여하는 것으로 부모님들이 규칙을 만들었습니다. 아이들이 등원할 때 함께 와서 새날열기를 하고 나들이를 합니다. 뒤처지는 아이들, 화장실 가는 아이들을 살펴주기도 하고 쏟아내는 아이들 이야기 덕분에 무심코 지나쳤던 자연 친구들을 새롭게 만나는 즐거움을 누리기도 합니다. 처음에는 아이들 체력을 엄마들이 감당하지 못해서 몸살을 앓기도 했는데 아이들이 자연 속에서 맘껏 뛰놀고, 감각을 열어주는 경험들을 하고, 몸과 마음의 균형을 잡아가는 모습을 보면서 '산들맘' 활동에 적극적으로 참여하고 있습니다.

처음 '산들맘' 활동을 계획할 때 활동 내용을 모두 보여줘야 하는 교사들한테는 상당히 부담스러운 과정이기도 했는데, 진행이 되고 나서는 부모님들이 오히려 어린이집의 교육 활동에 대한 이해도 높아지고, 기운 센 아이들을 데리고 나들이를 다녀야 하는 선생님들의 수고로움에 고마운 마음을 갖게 되어서 지금은 교사들도 '산들맘' 활동을 반기고 있습니다.

'산들맘'은 부모가 보조교사 역할을 하게 하는 것보다 더 중요한 목적이 있는데, 생태 영성 활동에 대한 부모의 이해를 높이고 아이들의 생활을 어린이집에서만 머물게 하지 않고 가정으로 이어지게 하는 것입니다. 부모의 모습을 보고 자라는 아이들이므로 부모의 삶의 태도가 곧 아이들의 생활 태도로 연결된다는 것에 착안하여 일방적인 부모교육의 형태가 아니라 직접 현장에서 스스로 깨우치는 방식을 선택한 것입니다. '산들맘' 활동이 아직 1년이 안 된 상황이지만 부모들 스스로 자신의 변화를 말하고 있습니다. 한 어머니의 이야기가 기억에 남습니다. '산들맘'을 할 때 선생님들이 일일이 개입하지 않고 아이 스스로 할 수 있는 기회를 많이 주는 것을 보고 처음에는 저러다 다치면 어쩌지 싶은 마음에 조마조마하기도 했는데 아이들이 씩씩하게 해내는 모습을 보고 감동을 받았다고 합니다. 어느 새 자신도 '하지 마 엄마'에서 '한번 해 봐 엄마'로 조금씩 변해 가는 중이라는 이야기를 들려 주었습니다.

다양한 부모 동아리가 활발하게 움직이면서 부모들의 열린 이야기의 장이 되고, 아이를 발견하고 나를 보면서 변화를 시작하는 기회가 되어 선한 공동체를 만들어가는 과정으로 나아가기를 바랍니다.

'산들맘' 활동의 마무리는 일지 쓰기인데, 일지 몇 편을 옮겨봅니다.

정ㅇ이[윤ㅇ어머니, 2015.6.10] : 저수지 가는 길에 감나무도 관찰해 보고 논에 뭐가 살고 있는지도 관찰해 보고… 자연스럽게 먹을거리에 대한 이해를 할 수 있었어요. 도시에 사는 아이들은 그냥 주니까 먹는 건데…. 이런 활동 참 좋은 것 같아요. 늘 가는 곳이라 아이들도 이동하면서 여기에는 뭐가 있고 저기에는 뭐가 있고 저한테 설명도 자세히 해 주더라고요. 오늘은 산딸

기도 따 먹었는데 어찌나 잘 먹는지요. 따기 무섭게 폭풍 흡입! 옆에서 지켜
보시던 마을 할아버지께서 딸기를 많이 따서 나눠주셨어요. 그리고 저수지
로 이동해서 물속에 뭐가 사나 탐색도 해 보고 적당히 말랑해진 흙을 조물거
리며 하트 집에 사는 눈사람 가족들도 만들어 보았어요. 평소라면 더럽다고
만지지 말라고 했을 텐데…. 아이들 덕분에 오히려 제가 즐거웠습니다.

류ㅇ 이승ㅇ어머니, 2015.8.6] : 오늘은 가보지 않았던 곳으로 탐험을 했습니
다. 돌길을 지나고 풀숲을 지나니 작은 개울이 있었습니다. 계곡물이 흘러
내려 와서인지 더위가 싹 가시는 시원한 곳에서 물놀이가 시작되었습니다.
처음엔 물에 들어가기 주저하던 아이도 결국엔 모두 물속에 들어가서 물싸
움도 하고 주변에 있던 나뭇가지를 주워서 낚시를 하는 친구들도 있었습니
다. 한참을 놀다가 다시 떠난 탐험 길에서는 작은 물고기와 새우가 살고 있
는 웅덩이를 만났습니다. 아이들이 쓰고 있던 모자를 벗어서 물속에 넣고
물고기를 잡는 모습을 보는 순간 눈물이 왈칵! 아이들이 자연에서 맘껏 뛰
어 놀 수 있다는 사실에 감사했습니다. 행복한 아이들 모습을 보며 감동했
습니다.

박ㅇ 이수ㅇ아버지, 2015.8.24] : 아이들의 기운 넘치는 모습을 따라가려니
금세 배가 고파졌어요. 일상이 된 아이들의 나들이는 무척 자연스러워 보
였습니다. 끼리끼리 모여서 노는 아이들, 곤충채집통에 생전 본 적 없는 다

양한 곤충들을 모으는 아이들…. 채집통에 여러 종류의 곤충들이 모여 있는데도 서로 싸우지 않는다고 말했더니, "친구여서 그래요"라고 아이들이 말해주더라고요. 아이들의 시선으로 주변을 바라보니 무심코 지나친 것들 속에 아름답고 신기한 것들이 많다는 것을 느낄 수 있었어요. 오늘도 아이들한테 배울 수 있어서 너무 고마운 날입니다. 아이들과 지낼 시간들이 또 기다려집니다.

도란도란 모여서 어떤 어른이 되어야 하는지,
부모는 무엇을 해야 하는지, 아이들과 함께 자라고 싶은 부모들이
스스로에게 묻고, 서로의 경험을 나누면서, 더러는 교육도 받고,
함께 무엇을 만들기도 하고, 아이들에게 좋은 환경을 만들어 주기 위한
노력들을 해 나갈 참입니다.

부모 모임 '도란도란'

방정환한울어린이집은 생태 영성 어린이집을 지향하면서 아이들이 행복한 환경을 만들어 가는 일을 부모님들과 함께하고 있습니다. 어린이집에서만 생태적이고 마음을 살찌우는 활동을 하는 게 아니라 가정에서도 어린이집에서의 활동이 연계되었으면 좋겠다는 바람으로 부모들과의 소통의 자리를 만들어 가는 중입니다.

지난해 9월에 어린이집 문을 열고 6개월 동안 시범 운영을 하면서 부모님들은 수시로 어린이집을 드나들었습니다. 아이들과 함께 산과 들로 나들이를 가고, 자연밥상을 함께 나누었습니다. 그 과정들을 평가해 보는 자리로 지난 2월 27일 부모교육설명회를 열었고. 그 자리에서 부모들은 새 학기부터 한 달에 두 번 정기적인 모임을 갖기로 하고 '도란도란'이라고 이름을 지었습니다.

도란도란 모여서 어떤 어른이 되어야 하는지, 부모는 무엇을 해야 하는지, 아이들과 함께 자라고 싶은 부모들이 스스로에게 묻고, 서로의 경험을 나누면서, 더러는 교육도 받고, 함께 무엇을 만들기도 하고, 아이들에게 좋은 환경을 만들어 주기 위한 노력들을 해 나갈 참입니다.

"오랫동안 비염을 앓아오던 아이가 비염이 없어지면서 밤에 보채지 않고 잠도 잘 자고, 가족 등산도 씩씩하게 잘 하게 되었어요."

"호흡기가 약해서 늘 숨이 가쁜 아이였는데, 얼마 전 가족 생일파티에서 촛불을 꺼서 모두를 놀라게 했어요."

"배변이 잘 안 돼서 통원 치료를 할 정도였는데, 어린이집 와서 산과 들로 다니는 동안 활동량이 많아지고, 자연밥상으로 식사를 하면서 너무 좋아졌어요."

"자연물과의 교감이 많아지면서 질문이 많아지는 등, 생태적 감수성이 키워지는 모습을 볼 수 있어요."

6개월 동안 함께하면서 아이들의 모습을 지켜본 부모님들의 반응입니다. 더 많은 아이들이 함께할 수 있도록 어린이집을 열심히 알리겠다는 말씀도 덧붙여주었습니다.

"오늘 너무나 많은 정보와 새로움에 시간 가는 줄 모르고 집중했어요. 지금까지도 뇌리에 박혀 버린 『짖어봐 조지야』. 선생님이 읽어주시는데 눈이 촉촉해졌어요. 누군가에게 머리를 한 대 얻어맞은 기분이기도 했어요. 이제껏 제가 우리 아이에게 조지 엄마와 같이 하지 않았을까 싶어서요. 아이에게는 "이렇게 해야 한다, 이렇게 하면 안 된다."는 이야기를 많이 했는데, 그때는 잘 깨닫지 못했어요. 제 자신의 버려야 할 모습을 발견도 못 했구요. 『짖어봐 조지야』 책을 보며, 그림책에 대한 매력을 느꼈어요. 부끄럽기 짝이 없을 정도로 독서를 안 했었는데, 이제부터는 아이와 함께 그림책부터 읽어보려구요.(ㅇㅇ어머니, '행복한 책읽기' 강연 후기)."

"명상을 통해 나를 위한 시간을 갖고 나를 되돌아보고, 내 마음을 들여다보고, 내 생각을 다스리는 경험을 해보는 시간. 결혼을 하고 나서 '오직 나만을 위한 시간'을 가진다는 것은 생각해 본 적도 없었었는데, 스스로를 조용히 바라보는 시간을 가진다는 것이 얼마나 중요한 일인가를 깨닫게 해주었습니다. 외면하지만 말고 있는 그대로 바라보고 때로는 나 자신에게 위로도 해 보는 그 시간이 꼭 필요하단 사실, 그런 시간을 통해야만 내 자신의 결핍이 메워질 수 있다는 것을 알았습니다. 처음이라 쉽지 않았지만, 앞으로 하루 한번이라도 '나만을 위한 시간'을 가져볼까 합니다. 엄마로서도 꼭 필요한 일인 것 같아요(ㅇㅇ어머니, '영성교육으로서 마법학교' 강연 후기)."

방정환한울어린이집 첫 돌 잔치가
경주 방정환한울어린이집에서 열렸습니다.

방정환한울어린이집 첫 돌 잔치

지난 9월 5일(토) 방정환한울어린이집 첫 돌 잔치가 경주 방정환한울어린이집에서 열렸습니다. 2014년 9월 1일 개원하여 꼭 1년을 살아온 이야기를 아이들과 교사, 부모님, 방울(후원자)들 60여 명이 모여 함께 나누는 자리를 가졌습니다. 4명의 아이로 시작하여 지금 22명의 아이들과 원장님, 교사 3명이 함께 생활하는 어린이집이 되었는데, 여기까지 오는 데 정성을 보태준 130여 명의 방울들과 부모님들의 적극적인 참여, 원장님 이하 선생님들의 열정, 운영진들의 노력이 있었습니다.

이번 행사에도 멀리서 방울들이 찾아와 응원해 주었고, 부모님들이 직접 만든 음식들로 잔칫상을 차려서 모인 사람들의 마음을 훈훈하게 했습니다. 어린이집 아이들이 아침마다 새 날을 열 때 함께절로 시작하듯이 모인 분들이 모두 함께절로 생일잔치를 시작했고, '맑은물'에 마음을 담아서 아이들이 건강하고 행복하게 자라기를 바라는 마음을 모으는 의식을 했습니다. 한울연대 상임대표의 축사에서 전국의 방울들이 아침마다 기도로서 함께한다는 말씀에 많은 분들이 감동하는 모습이었습니다. 아이들과 방울의 축하공연이 있었고, 부모님들의 소감 발표는 함께한 사람들이 귀 기울이던 시간이었습니다. 그 내용으로 방정환한울어린이집의 1년을 돌아봅니다.

달이(가명, 7세)가 방정환한울어린이집을 다니면서 가장 큰 변화를 보인 것은 건강이다. 돌도 되기 전부터 시작된 잦은 기침으로 인해 1년 중 300일 정도는 약을 먹고 살았던 아이다. 하지만 방정환한울어린이집을 만나면서 점점 기침이 줄어들더니, 1년이 지난 지금은 완전히 사라졌다. 비염은 잘 낫지 않는다고 생각해서 병원에서 시키는 대로 추울 때는 밖에 안 나가고, 봄철 꽃바람에는 창문을 꼭꼭 닫고 살았다. 아이는 스스로 치유할 수 있는 능력이 있었는데도 말이다. 약으로 그것을 못하게 막고 있었다는 것을 방정환한울어린이집에 보내면서 알게 되었다. 등원을 하면 춥거나 비가 오거나 산으로 들로 마음껏 다니며 운동을 꾸준히 하고, 추위와 꽃바람에 맞서며 면역력을 키우다 보니 비염이 자취를 감춘 것 같다. 방정환한울어린이집은 '맑은물' 시간으로 하루를 시작하여 자연에 감사하는 마음과 함께 바깥놀이를 하며 공동체 삶을 배우고, 영성을 일깨워주는 능동적 학습을 할 수 있는 곳이다. 그곳에서 달이도 자연스럽게 자존감도 높아지고, 다른 아이들을 배려하고 매사에 감사하는 마음을 가질 줄 아는 아이로 자라고 있는 모습을 본다. 나들이를 갈 때도 혹시나 다칠까 두려운 마음이 있었는데, 그 마음은 달이가 성장하는 모습을 보면서 믿음으로 바꿀 수 있었다. 어린이집을 통해 많은 분들과의 끈끈한 인연을 만들었고, 우리 달이가 자라는 모습을 지켜봐 주시고 기억해 주실 방울님들을 생각하니 가슴이 뭉클해진다. 우리나라의 모든 아이들과 부모들이 우리처럼 행복한 마음으로 아이들을 키울 수 있기를 소망해 본다.(하늘반 달이 어머니)

별이(가명, 4세)는 두 돌이 지나서 일반 어린이집을 다니기 시작했다. 그 전까지 거의 격주에 한번꼴로 감기를 옮아 왔다. 그리고 감기 후에는 꼭 변비가 걸려서 관장도 해야만 했다. 애한테 이렇게 약을 많이 먹여도 되는 건지, 우리 애만 이렇게 많이 아픈 건지…. 엄마로서 가장 불행할 때는 아마 내 아이가 아플 때가 아닌가 싶다. 애가 자주 아프다보면 내 육아 방법에 뭔가 문제가 있는 것은 아닌지, 내가 잘 못 해 먹여서 그런 건지, 오만 가지 생각이 다 든다. 어떻게 문제를 해결해야 할지 몰라서 서성이고 있을 때, 바로 우리 집 근처에 '방정환한울어린이집'이 개원을 했다. 처음 두 달 동안은 오며가며 예의주시만 했다. 그러던 중 이곳이 생태어린이집이라는 걸 알게 되었다. 11월 1일부터 나들이를 따라가게 되었다. 별이는 너무나 즐거워했고, 겨울이 되어도 감기에 안 걸리는 것이 신기했다. 자연에서 매일 뛰어 놀다 보니 표현력도 몰라보게 좋아지고 계절에 따라 바뀌는 자연을 느끼며 자라다 보니 감각도 더 섬세해졌다. 시골에 들어와 살게 되면서 별이가 생기고, 생태어린이집을 다니게 되고, 건강해지고…. 이 모든 것이 별이에게 맞춤형 환경인 것 같아 생각할수록 행복하고 감사할 뿐이다. '방정환한울어린이집'같이 좋은 생태어린이집이 많이 생겨서 별이가 살아갈 미래는 아이를 마음 놓고 기를 수 있는 사회였으면 하는 바람이다.(별이 어머니)

알콩이(6세)는 넉 달, 달콩이(3세)는 석 달을 방정환한울어린이집을 다니고 있다. 얼마 전 두 아이가 열이 나기 시작했다. 3일 동안 40도를 넘나들며 열이 오르락내리락했는데, 예전 같았으면 병원에 의존해서 며칠을 전전긍긍 했을 텐데, 알콩이가 끝까지 잘 견뎌 내는 모습을 볼 수 있었다. 알콩이가 낫고 나니 얼마나 기특해 보이고 커 보이던지…. 고작 6살이라고, 애기로만 생각했는데, 이렇게 대견하게 이겨내는 모습에 감동하지 않을 수 없었다. 우리 알콩이가 너무 큰일을 해낸 것 같아 한동안 동네방네 자랑하며 다녔다. 지금껏 병원을 다니며 한번도 알콩이에게 "병원 갈래?"라고 물어본 적이 없었다. 선택이라고는 고작 "오늘 갈래, 내일 갈래?" 정도였다. 엄마가 조금 편하게 아이를 돌보기 위해 병원을 찾은 건 아닌지 스스로에게 부끄러움이 생겼다. 지금까지 아이들을 키우며 가장 잘 한 선택 두 가지는 주택에서 사는 것과 "방정환한울어린이집"에 보낸 것이다. 알콩이는 내년까지, 달콩이는 3년을 더 다니며 얼마나 많은 긍정적 변화가 우리에게 찾아올지 가슴 콩닥이며 기대해 본다. (알콩이와 달콩이 어머니)

봄이(5세)와 여름이(3세)가 방정환한울어린이집에 다니면서 우리 가족에게 많은 변화가 있었다. 아이들의 등-하원을 해야 하니 그 시간에 맞춰 우리 부부의 하루 생활이 정해졌고, 등·하원으로 인한 경제적 부담도 늘었다. 그럼에도 불구하고 방정환한울어린이집을 다니는 이유는 수시로 아이들을 살필 수 있어서 좋고, 아이들과 부모들을 자주 만날 수 있어서 친분을 쌓을 수 있는 것도 좋다. 그래서 이 아이도 내 아이 같고, 저 아이도 내 아이 같은 느낌이 든다. 방정환한울어린이집 참관 후 바로 입학을 했다. 처음에는 말더듬이 증상이 더 심해지는 것 같아 원장 선생님과 상담도 여러 차례 하면서 지켜보았는데, 점점 아이의 상태가 좋아지고, 근육도 붙어서 건강해지는 모습을 볼 수 있었다. 자전거 페달을 5번만 밟아도 힘들어하던 아이가 오르막을 마구 올라갈 수 있게 되었고, 편식습관도 개선되었다. 무엇보다 아이가 편안해 하고 행복해 하니까 자잘한 문제들은 그냥 넘어갈 수 있게 되었다. 선생님들이 사랑으로 아이들을 돌봐주신 결과라고 생각한다. 방정환한울어린이집에 다니는 아이들이 선생님들의 사랑과 자연이 주는 혜택을 받고 소소하게 느낀 행복을, 다른 사람들에게도 나눠줄 수 있는 사람으로 자라길 바란다. (봄이와 여름이 어머니)

방정환한울어린이집

여름 햇살,
이파리에 초록물 들다

아빠들은 살림살이에 낯섭니다.
요리를 한다는 것도 부담입니다. 그래도 아빠니까,
챙겨 온 음식 재료들을 주섬주섬 꺼내고 요리를 시작합니다.

아빠와 함께하는 여름이야기

방정환한울어린이집에는 부모가 참여하는 활동이 잦은 편입니다. 한 달에 한번 하는 부모 모임 '도란도란', 숲나들이 보조활동 '산들맘(산·들·마음)', 가족행사 등 다양한 기회를 통해 부모들이 아이들의 모습을 직접 보고, 체험하면서 적극적으로 보육에 참여할 수 있도록 하고 있습니다. 한 아이가 잘 자라기 위해서는 보모와 아이, 교사가 함께해야 한다는 것을 서로 배워가는 중입니다.

7월에는 '아빠와 함께 하는 여름이야기'를 진행하여 아빠와 1박 2일 동안 밥도 해 먹고 야간 산행도 해보는 시간을 가집니다.

아빠, 요리하다

아빠들은 살림살이에 낯섭니다. 요리를 한다는 것도 부담입니다. 그래도 아빠니까, 챙겨 온 음식 재료들을 주섬주섬 꺼내고 요리를 시작합니다. 계란부침은 자신 있다며 모두에게 나눠줄 양만큼 열심히 부칩니다. 비빔밥, 고기볶음, 볶음밥, 꼬치, 된장국까지 차려 놓고 보니 푸짐한 상이 되었습니다. 그러는 사이 아빠들은 서로 서먹하던 분위기가 누그러집니다. 아이들도 친구 아빠와 우리 아빠가 해준 맛난 밥을 두루 먹습니다. 서로 나눠먹으며 한 식구가 됩니다.

몸맘 열기

수박팀, 참외팀으로 나눠 아이와 손을 잡고 빨강, 파랑 종이를 뒤집으며 몸과 마음을 풉니다. 우리 팀 색깔로 뒤집어 놓느라 온통 집중하는 아이와 아빠들, 다음은 철인아빠 3종 경기, 아이를 안고 발자국을 따라 성큼성큼 걸어간 아빠들, 미로를 만나지만 거침없이 달려갑니다. 마지막으로 아이를 목마 태우고 마당 한 바퀴, 쌩쌩 달려가는 아빠들 이마에 땀이 조랑조랑 맺혔습니다.

땀을 닦고 가만히 앉아 아이와 이야기를 할 시간. 이불 속에서 책 읽어 주기입니다. 손전등을 켜서 아이와 책을 읽습니다. 그림책을 펼치고 아빠와 아이가 두고두고 끄집어 낼 추억을 만듭니다.

소망별 찾아 우주여행

"아빠는 더 크면 뭐가 되고 싶어요?" 아이가 묻습니다. 아빠는 얼른 대답을 못하고 머뭇거리다가 "그때도 우리 콩이 아빠가 될 거야!" 그 말을 들은 콩이가 선생님에게 다가와 자랑을 합니다. 서로의 소망을 묻고 답하며 그 소망을 별에 담아 그려봅니다. 별을 오려서 하늘(커다란 천)에 붙입니다. 그 별은 아이와 아빠의 소망을 기억하고 늘 지켜주는 별이 되어 하늘에 떴습니다.(천을 높이 들어서 현광별이 반짝이도록 함) 이제 아이와 아빠는 소망별이 있는 우주로 여행을 떠납니다.(천에 아이들을 태우고 가장자리를 잡은 아빠들이 빙글빙글 돕니다. 빨리 혹은 천천히. 아이들은 그 안에서 신이 납니다.) 다시 천을 펼치고 그 위에 올라가서 나의 별을 찾아서 마음에 담아봅니다. 아빠와 아이의 소망을 지켜주는 별은 서로의 마음속에서 내내 빛날 것입니다.

야간 산행

아빠 손을 잡고 밤길을 걷습니다. 깜깜하지만 아빠가 있어서 신이 난 아이들입니다. 평소에 숲 나들이를 가는 산길이라 익숙한 아이들은 뛰어가면서 아빠 손을 이끕니다. 아빠 앞에서 우쭐우쭐 씩씩한 아이가 됩니다. 3살 아이도 업어 달라고 칭얼대지 않고 아빠 손을 꼭 잡고 걷습니다. 아빠가 있어서 더 잘 갈 수 있는 아이들. 아이가 이 길을 걸었던 기억을 나중에 다시 떠올릴 수 없을지 몰라도 아빠한테는 아이에게 자랑할 이야기가 생겼습니다. "니가 세 살 때 말이야, 깜깜한 밤길을…." 함께 손잡고 가는 길, 그 길은 기쁨입니다.

아이들은 배워야 할 것들을 놀이 속에서 배웁니다.
어울려 놀면서 삶에서 중요한 것들을 배웁니다.
죽었다 살아나는 놀이를 반복하면서 도전하고,
새롭게 시작하는 힘을 기르게 됩니다.

납작 엎드리고 벌떡 일어나는 숨바꼭질

햇살과 바람이 잘 버무려진 날씨 좋은 날, 어린이집 아이들이 나들이를 갑니다. 연초록 풀잎들이 손짓을 하자, 아이들은 반지꽃들이 송송 올라와 있는 풀밭 위로 달리기 시작합니다. 한 바퀴를 돌고, 다시 한 바퀴, 앞서가는 아이도 뒤따라가는 아이도 딱히 무엇을 하려는 건 아닙니다. 그냥 뛰면서 빙글빙글 풀밭 위를 돌고 있습니다. 땡글땡글 콩이는 지치지도 않습니다. 종이로 왕관을 만들어 쓴 민 왕자는 삐질삐질 땀이 납니다. 뛰고, 달리고 또 달리는 아이들, 4살 콩이(가명)와 민이(가명)는 동갑내기 친구입니다.

문득, 제법 키 큰 반지꽃들이 무더기로 피어 있는 곳에서 콩이는 하늘 향해 엉덩이를 한껏 세우고 가슴을 바짝 땅에 댄 채 엎드립니다. 그렇게 하고 있으면 아무도 볼 수 없는 줄 아는 콩이, 납작 엎드렸다가 벌떡 일어나기를 지치지도 않고 반복합니다. 민 왕자가 다가와 소리를 지르기라도 하면 벌떡 일어나 두 손을 하늘 높이 쳐들고 같이 소리를 지릅니다. 그리고 다시 도망을 갑니다. 숨은 아이를 한눈에 드러나게 하는 성근 가지의 배롱나무와 토끼풀 있는 곳이지만 콩이와 민 왕자는 자기들 몸을 모두 가려주는 줄 아는 모양입니다. 납작 엎드리고 있다가 친구 발소리가 나면 불쑥 일어나 같이 소리를 지르고 아무나 먼저 도망을 갑니다. 그러면 다른 아이가 뒤따라 잡으러 갑니다. 그러기를 무한 반복하고 놉니다. 어느 새 나비도 날아와 날 잡아보라고 아이들에게 손짓을 합니다. 두 손을 휘저으며 나비를 잡으러 달리고, 달리고, 달리고… 숨바꼭질은 끝날 줄을 모릅니다. (헥,헥,헥….)

숨바꼭질은 아주 오래된 놀이입니다. 세계 여러 곳에서도 비슷한 놀이가 있습니다. 숨었다 찾고, 찾았다 다시 숨는 놀이는 놀이의 원형이라 할 만합니다.

숨바꼭질을 통해 아이는 엄마와 떨어져도 다시 만날 수 있다는 걸 알게 된다고 합니다. 엄마가 눈에 보이지 않아도 존재하고 있다는 것을 배우는 놀이랍니다. 백일이 지나고 나면 엄마가 손으로 얼굴을 가렸다 보이며 까꿍 놀이를 시작하는데, 엄마가 얼굴을 가린 손을 떼는 순간 아이는 불안한 마음이 해소되면서 까르르 웃음이 터져 나옵니다.

아이가 3, 4살이 되면 숨바꼭질을 하면서 숨을 장소를 탐색하고 내 몸을 숨길 수 있는 곳을 관찰하게 됩니다. 숨바꼭질은 공간지각 능력과 순발력, 관찰력, 사회성 등의 발달에 도움을 주는 놀이입니다.

아이들은 배워야 할 것들을 놀이 속에서 배웁니다. 어울려 놀면서 삶에서 중요한 것들을 배웁니다. 죽었다 살아나는 놀이를 반복하면서 도전하고, 새롭게 시작하는 힘을 기르게 됩니다.

아이들은 놀고 싶을 때 놀이를 함께 할 친구를 찾습니다. 놀이할 공간도 정하고, 놀이 규칙도 서로 확인합니다. 놀이를 하면서도 수시로 상황이 바뀌면 그 상황에 맞게 조율하느라 목소리가 높아지기도 합니다. 친구들과 밀고 당기는 관계 속에서 자기 자리를 찾는 방법을 배우기도 합니다.

요즘 한창 놀이터를 새롭게 만드는 이야기들이 나옵니다. 자연의 모습을 닮은 놀이터, 아이들이 탐험과 모험을 즐길 수 있는 놀이터, 그래서 조금은 위험을 감수해야 하는 것들이 곳곳에 있습니다. 아이들은 그 위험에 도전하면서 스스로 몸을 가누고 위험에 대처하는 능력을 키우게 됩니다. 이때 친구가 필요합니다. 혼자서는 못하지만 함께 하면서 용기를 얻습니다. 여럿이 함께 어우러지면서 놀이의 즐거움이 더해집니다. 이런 과정 속에서 어린이들은 자신도 모르게 삶을 살아가는 지혜와 타인과의 관계를 배우게 됩니다.

그러므로 아이들에게 필요한 것은 놀 시간과 놀 수 있는 공간 그리고 친구들입니다. 아이들의 놀이 본능을 막는 걸림돌은 어른들입니다. 그 누구보다도 아이들을 위한다는 말로 놀 틈을 주지 않는 부모가 가장 큰 걸림돌입니다.

숨바꼭질을 하던 콩이와 민이가 네모난 교실에서만 있다면 어떨까요? 저렇게 뛰고 달리는 것을 쉼 없이 하는 아이들인데 교실 안에서만 놀아야 한다면 그 에너지는 굴곡되어 분출될 수밖에 없습니다. 친구를 괴롭히고, 트

집 잡고, 자잘한 갈등들이 끊임없이 일어나게 됩니다. 그것은 교사들이 아이들을 때려서 훈육하는 잘못된 교육 방식과도 무관하다고 할 수 없습니다. 그래서 방정환한울어린이집에서는 날마다 숲으로 들로 마을로 나들이를 갑니다. 안에서 솟아나는 에너지를 자연 속에서 풀어냅니다. 놀이터로 치자면 자연 놀이터보다 더 좋은 것은 없겠지요. 매일 가도 날마다 새로운 모습으로 아이들의 호기심을 자극하고 오감을 깨어나게 하는 곳, 그곳에서 아이들이 노는 동안 나무처럼, 풀처럼 자라는 아이들을 발견하게 됩니다.

엄마들이 어린이집에 보내고 난 뒤 가장 먼저 발견하는 것은 아이들을 씻길 때 허벅지에 근육이 오른 것을 발견한다고 합니다. 가만히 더듬어 보니 병원에 가는 날이 줄어들었다는 것도 알게 됩니다. 날마다 옷 두세 벌은 흙투성이가 되어 오니 세탁기에서 모래가 서걱거리는 소리가 들린다는 투정을 하면서도 아이들이 튼튼해지는 모습과 바꾸고 싶지는 않은가 봅니다. 새 학기에 들어온 친구가 낯선 언덕길을 올라야 할 때 자기 손을 내밀어 친구 손을 잡아주는 아이의 성장을 보며 처음 생태어린이집에 보내 놓고 안전에 대한 두려움으로 조마조마하던 마음을 조금씩 내려놓게 됩니다. 아예, 부모들도 '산들맘(산 · 들 · 마음)'으로 숲에서 함께 놀고 있습니다. 노는 동안 아이와 엄마가 함께 자라고 있습니다.

흙에서 노는 아이들

방정환한울어린이집 아이들은 흙을 파고 노는 것을 좋아합니다. "도무지 애들이 어딜 가나 흙만 보면 가만있질 못하고 파기부터 해요~" 엄마들의 싫지 않은 볼멘소리를 가끔 듣습니다. 심지어 버스정류장에 서서 잠깐 차를 기다리고 있는 동안에도 보도블럭 틈에 있는 흙을 파더라는 이야기를 합니다. 그야말로 흙에서 노는 아이들입니다.

흙은 맛난 밥이 되기도 하고, 무슨 병이든 낫게 하는 신비한 약이 되기도 합니다. 길을 가다 죽어있는 지렁이, 곤충들의 멋진 무덤이 되기도 하고…. 흙은 열린 놀잇감입니다. 어떤 것으로도 변형이 가능하니까요. 그래서 아이들은 흙놀이를 좋아합니다.

아이들은 고정된 놀이보다 변화가 자유로운 놀이를 더 좋아합니다. 놀이터에 가서 노는 아이들을 가만히 살펴보면 미끄럼틀을 탈 때 위에서 아래로 내려오는 것만 하지 않습니다. 아래에서 거꾸로 올라가기도 하고 손잡이에 엉덩이를 걸치고 미끄러져 내려오기도 하고, 엎드려서 내려오는 것도 즐깁

흙은 열린 놀잇감입니다.
어떤 것으로도 변형이 가능하니까요.
그래서 아이들은 흙놀이를 좋아합니다.

니다. 이런 것들이 아이들은 정형화된 놀이보다 다양한 변형 놀이가 가능한 것들을 즐긴다는 반증이 될 것입니다. 그러다 보면 조금 위험해지기도 하고 다칠 때도 있지만 그 위험을 경험하면서 아이들은 자랍니다. 그 경험들이 쌓여 계단을 구르거나 뜨거운 것을 만지는 것과 같은 더 위험한 일들에 대처하는 요령을 터득할 수 있게 됩니다.

흙놀이는 얼마든지 변화가 가능하고 다양한 이야기를 만들어낼 수 있는 놀이라는 점에서 아이들의 흥미를 끌어당깁니다.

솔방울산으로 나들이 갔을 때입니다. 아이들이 서너 명 둘러앉아서 흙무더기를 다독이고 있는데 무덤이랍니다. 무덤에 나무를 하나 심자는 아이, 안 된다는 아이 금방 논쟁이 벌어지는가 싶더니 흙을 계속 파서 올리던 아이가 흙 색깔이 달라졌다고 말하는 바람에 금방 화제가 바뀌었습니다. 검은 흙에서 하얀 흙으로 바뀐 이유를 알 수는 없지만 땅을 팔수록 하얀 흙이 나온다는 것을 알게 되었습니다. 아마 곧 그 까닭도 아이들이 찾아내겠지요.

항상 만나는 흙이지만 날마다 다르고, 파고 들어가다 보면 생각지 못한 것들도 만납니다. 나무뿌리가 얼키설키 얽혀있어서 어디까지인지 따라가느라 손끝은 바쁘고 바지는 흙투성이가 되기 일쑤입니다. 어느 날에는 두더지가 지나다니던 굴도 만나는 행운을 누리기도 합니다. 개미가 오글거리고 모여 있는 날에는 아이들의 함성이 숲속에 울려 퍼집니다. 그 호기심이 가득한 눈을 지켜주고 싶습니다. 흙투성이가 된 바지를 아이들에게 돌려주어야 합니다. 두려움과 설렘을 품은 호기심으로 세상을 열어갈 수 있는 놀이터, 흙놀이 마당에서 맘껏 놀 수 있는 시간과 공간을 만들어 주는 일, 그 일이 바로 어른들이 해야 할 일이라는 생각을 합니다.

아이들 서너 명이 모여서 모종삽으로 흙을 파서 모으다가 누가 먼저 시작했는지는 모르지만 병원놀이가 시작되었습니다. 금세 나뭇가지를 주워 와서 주사를 만들고 흙으로 가루약을 만듭니다. "어디가 아파요?" 제법 의사처럼 진찰을 합니다. 배가 아프다는 아이한테 엉덩이 주사를 맞아야 한다니까 아프다던 아이는 주사를 안 맞겠다고 달아나기 시작하고 아이들은 그 아이를 쫓아서 잡으러 갑니다. 남아있던 아이는 다른 환자를 돌보고 "상처를 소독해야 해요"라고 하며 흙을 물에 개어 소독약을 바른 뒤 나뭇잎을 붕대삼아 상처를 감싸더니 풀 끈으로 야무지게 묶어줍니다.

병원놀이는 어느새 김치볶음밥을 만드는 엄마로 이어지면서 소꿉놀이로 변신을 합니다. 소꿉놀이는 한참동안 이야기꼬리를 물고 밥 안 먹는 아이를 달래기 위해 온갖 맛난 음식이 등장하고 퇴근하는 아빠를 맞이하는 이야기로 술술 흘러 넘어 갑니다. 흙을 만지고 노는 동안 아이들은 친구와 끊임없이 이야기를 만들어내고 그러다 보면 서로 의견이 달라 말싸움이 일어나기도 합니다. 그런데 재미있게 놀려고 하면 어떤 방식으로든지 그 다음 이야기를 이어가야 하므로 자기주장을 조절해야 한다는 것을 알아차리게 됩니다. 갈등과 즐거움을 함께 느끼며 유대감을 나누는 일은 아이가 앞으로 살아가는데도 소중한 밑거름이 될 것입니다.

한번은 나들이를 마치고 내려오던 숲길에서 죽어있는 개구리를 발견합니다. 아이들이 우르르 모여들고 개구리가 죽었는지 살았는지 요리조리 살펴더니 죽었다는 것을 확인하고는 "묻어주자"고 합니다. 길가에 흙을 파고 나뭇잎에 개구리를 담아서 옮기고 흙을 다시 덮고 손바닥으로 꼭꼭 묻어줍니다. 나뭇가지 하나 세워서 표시도 하고 나뭇잎으로 무덤을 덮어줍니다.

개구리가 다시 흙이 되고 그 흙은 나무와 꽃을 키우고 나무와 꽃이 자라서 나비와 벌을 불러들이고 그 나비와 벌이 벼 이삭을 영글게 한다는 생명의 고리를 아이들이 다 이해하지 못해도 어린 날 죽은 개구리를 땅에 꼭꼭 묻어주었던 기억은 몸속에 차곡차곡 저장되고 있을 거라고 믿습니다. 그 기억은 서로의 생명을 존중하는 모습으로 자라날 거라고 믿는 건 너무 비약적인 생각이라고 할지 모르지만, 엄마 손을 놓지 못해 눈물바람이던 아이가 흙탕물도 마다하지 않고 첨벙거리는 아이로 변신하는 것도 분명한 사실입니다.

턱이 높은 길을 내려서지 못해 망설이는 친구한테 "할 수 있어"라고 응원을 하고, 넘어져서 울고 있는 친구에게 다가가서 "괜찮아"라며 달래주기도 하고, 오르막길에서 뒤처지는 동생을 위해 다시 돌아가 손을 잡고 함께 걸어주는 모습을 종종 봅니다.

생명이 자라는 데는 몇 가지 꼭 필요한 것들이 있지요. 물과 흙, 햇살과 바람 말입니다. 아이들도 마찬가지라는 생각이 듭니다. 이미 아이들은 그 사실을 알고 있기에 물과 흙, 햇살과 바람과 노는 것을 제일 좋아하는 게 아닐까요?

물놀이를 즐기는 아이들

물은 만물을 살리는 근원입니다. 나무와 풀, 짐승과 땅까지도 물이 키워냅니다. 사람 또한 열 달을 양수 속에서 생명을 키워 세상으로 나옵니다. 물은 아래로 흐르는 성질 때문에 겸손을 상징하기도 하고 어떤 형태를 고정하고 있지 않아서 자유로움과 다양성을 상징하기도 합니다. 또한 더러움을 씻어 주는 역할을 하니 어떤 의식이나 의례에서 손이나 발을 씻음으로서 맑고 깨끗한 몸과 마음을 준비하는 것으로 활용되기도 합니다.

생각해보니 물이 가진 상징들과 아이들은 닮은 구석이 많습니다. 무한한 가능성을 가진 존재로서 그 가능성이 세상을 살리는 빛이 되기도 하고, 작고 어린것으로 낮고 여린 것들을 대변하기도 하며, 그 호기심과 거리낌 없음으로 자유로움을 드러내기도 합니다.

아이들은 본능적으로 그것을 알고 있는지 대부분 물을 좋아합니다. 그래서 아이들에게 물은 천연 장난감이요, 날마다 갖고 놀아도 싫증나지 않는 장난감이기도 하다.

아이들에게 물은 천연 장난감이요,
날마다 갖고 놀아도 싫증나지 않는 장난감이기도 합니다.

여름은 그 물놀이의 꼭지 점, 아이들은 여름이면 날마다 용담수도원으로 물놀이 나들이를 갑니다. 그곳에는 유아들이 물놀이를 하기에 딱 좋은 물길들이 있습니다.

어린 4살 반 아이들의 주 무대는 수로, 길다랗게 뻗어 있는 수로는 아이들이 가만히 들여다보며 그 속에서 꿈틀대는 생명들을 관찰하기에 충분합니다. 물방개, 도롱뇽, 귀신잠자리, 개구리 알, 이름 모를 곤충 등등. 발견할 때마다 목청껏 친구들을 불러 모으지요. 줄줄이 들어서서 철벅이고 놀기, 이때는 이미 옷이 젖을 걱정은 멀리 사라진 지 오래입니다. 나뭇잎 띄우기, 고무신으로 물 퍼 올리기를 반복하느라 시간 가는 줄 모릅니다.

5, 6, 7세 통합반 아이들은 계곡에서 놉니다. 물길을 막아 웅덩이를 만들고, 철벅대고, 물속에 아예 드러눕는가 하면, 끝없는 놀이들이 꼬리를 물고 일어나면서 여름을 잊고 지냅니다. 그러는 사이 아이들 목소리는 숲속을 가로질러 하늘에 닿을 듯합니다.

방정환한울어린이집이 도심을 벗어난 시골마을에 생겨났을 때 마을 골목길을 오가며 아이들은 인사를 했습니다. 나무와 꽃 벼이삭, 열매에게 혹은 바람과 구름, 해님에게도. 그러니 지나가는 어르신들께 인사하기는 당연지사, 목소리를 높여 "안녕하세요?" 인사를 하면 할아버지 할머니 얼굴에도 웃음이 번집니다. 아이들 목소리는 마을에 생기를 돋우는 역할을 하고 있습니다.

올해는 무척 아쉬운 게, 심한 가뭄에 물이 적어서 물놀이를 제대로 할 수가 없습니다. 어느 날 아이들이 노는 걸 보았더니 그나마 물웅덩이가 있는 곳에서 흙탕물도 아랑곳 않고 물길을 만들고 둑을 쌓고 물을 퍼 올리기를 하면서 놀고 있어요.

이건 좀 비껴간 이야기이지만, 지난 8월에 방정환한울학교에서 계절학교가 열렸습니다. 어린이집이 유아들을 위한 배움터라면 계절학교는 초등학생을 대상으로 하는 배움 과정입니다. 물이 너무 없어서 아이들이 좋아하는 물놀이를 맘껏 할 수 없는 한계를 다른 방식으로 대체하여 놀아보기로 했습니다. 얼음덩어리를 주고 모둠별로 얼음 녹이기를 했답니다. 처음에 아이들은 손으로 비비기 시작했는데 손이 시리니까, 양말을 벗어서 손에 끼고 비비고, 잠시 뒤에는 맨발로 올라서서 비비기 시작하더니 그것도 성에 차지 않는지 곁에 있던 돌멩이를 주워 와서 긁어내기 시작했습니다. 한편 다른 모둠에서는 한 아이가 윗옷을 훌러덩 걷어 올리더니 자기 등으로 얼음을 녹게 했어요. 얼마나 찼던지 숲속을 쩌렁쩌렁 울리는 고함소리가 터져 나오고, 다시 배로, 다른 사람한테로 옮기면서 얼음을 녹였습니다. 그러자 여자 아이 하나가 '햇볕으로 옮겨!'라고 소리를 질렀고 모두들 햇볕을 찾아 그 열기로 얼음을 녹이고 있었습니다. 그러는 사이 한 모둠은 한낮에 따끈하게 데워져 있던 대리석을 발견하고는 얼음을 들고 달려가 대리석에 비벼서 얼음을 녹였습니다. 얼음을 녹이는 방법을 아이들은 끊임없이 찾아내고 도전하기를 즐겼지요. 아이들에게 창의력 교육을 시키느라 비싼 돈을 주고 이름 있는 학원을 찾아가면 창의력이 길러지는 걸까요? 생각은 몸의 경험을 통해 더 확장된다고 생각합니다. 아이들은 생각보다 몸이 먼저 움직입니다. 그것을 보면 이미 아이 속에 모든 것이 다 들어 있다는 말이 맞는 거지요. 그것을 행동으로 끄집어 낼 수 있는 기회와 환경을 마련해 준다면 아이들은 얼마든지 자기 안의 가능성을 드러내고 그것들을 즐기면서 자기 길을 찾아갈 것입니다.

비가 너무 안 와서 물놀이를 충분히 즐기지 못한 아이들을 위해 올해는 마당에서 호수로 물놀이를 많이 했습니다. 선생님들이 페트병에 구멍을 여러 개 만들어서 주었더니 장난꾸러기 강(가명)이는 샤워기로 사용하고, 얌전한 달(가명)이는 해바라기와 벗나무, 흙 동산에 물을 줍니다. 마당 한가운데 있는 흙 동산이 물과 만나면 더욱 재미를 더 합니다. 처음에는 바가지로 페트병으로 물을 옮기더니 붓자마자 땅속으로 스며드는 물이 아쉬웠든지 서너 명이 들통을 통째로 들고 나섭니다. 흙으로 둑을 만들고 물길을 열어서 물이 흘러가도록 만들어 놓고 환호성을 지릅니다. 더 길게 더 멀리 보내기 위해 열심히 물을 나릅니다.

선생님이 긴 호수로 물을 품어 내기 시작합니다. 한 무리의 아이들은 도망가고 몇몇 아이들은 물과 마주섭니다. 손을 허우적거리며 연신 얼굴에서 물을 훔쳐내면서 물줄기를 따라 다니며 물을 맞습니다. 아이들과 선생님들은 이제 서로 물을 끼얹는 놀이에 흠뻑 빠져듭니다. 얌전하던 나무(가명)도 가만가만 선생님께로 다가가 등에 물을 쏟아 붓습니다. 소리를 지르며 돌아보는 선생님을 씨익~ 웃으며 쳐다봅니다. 선생님의 반격이 시작되고 모두 옷이 젖습니다. 누구부터인지 알 수 없지만 옷을 벗기 시작합니다. 하나 둘, 그날 정말 깜짝 놀란 장면을 목격했습니다. 5살 둥(가명)이가 햇살 아래 흙 동산에 앉아 흙과 하나 되어 놀고 있더군요. 속옷까지 몽땅 벗어던진 채 놀고 있는 모습은 태초의 인간의 모습을 그린 그림 한 장면이 떠올랐고 아름다웠습니다. 흙과 아이와 햇살이 하나 되어 있는 그 느낌말이지요. 가슴속에서 '쿵'하고 소리가 났습니다. 다가가 말을 걸어도 둥이는 옷을 입을 생각도 안 하고, 도망도 가지 않고 그냥 자기가 하던 대로 흙을 끌어 모으며 하던 놀이를 계속합니다.

요즘 어린이집에서는 안전 교육이니 유아 성 교육이니 하여 온갖 교육을 합니다. 다른 어린이집에서 아이가 저런 모습을 보였다면 어찌 했을까요? 그대로 놔둘 수 있을까요? 이 글을 읽는 유아를 가진 부모님이라면 또 어떻게 했을까요? 그 순간 너무나 거리낌 없이 놀고 있는 모습이 좋아서 자연스러운 모습 그대로 두었습니다. 방해하고 싶지 않았거든요.

숲에서 마당에서 물놀이를 하는 동안 여름이 다 갔습니다. 이제 숲에서 가을을 맞이할 생각에 벌써 마음이 설렙니다. 아이들이 열어 줄 세상이 기대되고, 나도 그 안에서 '자~알' 놀고 싶습니다.

자연과 친구가 되는 생태미술놀이

찰흙놀이

물잠자리 한 마리가 날아갑니다. 우리도 잠자리를 만들어 보기로 합니다. 흙으로 몸통을 만들고 나뭇가지나 나뭇잎을 붙여서 날개를 만들고, 잠자리 몸통에 보호막을 입힌다며 투구와 갑옷을 만들어 붙이기도 합니다.

색깔 구슬 만들기

오늘은 야채 물로 색을 들인 색깔 구슬 만들기를 합니다. 오디, 부추, 치자, 당근 등으로 물을 내어 밀가루 반죽을 합니다. 치자에 뜨거운 물을 부어 노란 물이 나오는 것을 아이들은 신기하게 바라봅니다. 부추를 보고는 엄마의 부침개가 생각난다고 하더니, 보라색을 내기 위한 오디를 보고는 참지 못하고 하나씩 집어 먹습니다. 밀가루 반죽에 코를 갖다 대며 좋은 냄새가

오늘은 야채 물로 색을 들인 색깔 구슬 만들기를 합니다.
오디, 부추, 치자, 당근 등으로 물을 내어 밀가루 반죽을 합니다.

난다고 깔깔대고 반죽하는 선생님 손이 맛있겠다고 먹는 시늉을 합니다.

평상그림

어린이집에 평상을 만들었어요. 아이들은 평상 위에 그림을 그립니다. 무지개 그림 위에 물고기와 병아리를 그려 넣고 손에 매직을 묻히더니 찍기 놀이도 합니다. 강이와 보리는 괴물나라 이야기를 속닥속닥, 짝짝이 괴물이 사는데 아주 나쁜 괴물이래요. 그러자 두 친구가 태풍과 회오리바람을 몰고 와서 친구들 그림 위에다가 빙글빙글 돌립니다.

들꽃 찾기

들꽃 찾기를 합니다. 동그란 노란 틀을 들고는 노란 꽃다지, 노란 민들레를, 사각 파란 틀을 들고는 파란 봄까치꽃을, 하얀 동그란 틀을 들고는 냉이꽃, 매화꽃을 찾습니다. 어느새 아이들은 들꽃 액자를 든 멋진 화가가 됩니다.

물그림

마당놀이에서 아이들이 '물그림'을 그립니다. 아이들은 수돗가로 가서 함께 주문을 외워봅니다. 수리수리 마수리 수수리 사바아~ 물아 물아 나와라

~ 얍! 아이들의 주문소리에 수도꼭지에서 콸콸 물이 쏟아집니다. 아이들 환호성이 마당으로 멀리 퍼져갑니다. 아이들은 붓에 물을 묻혀서 나무의자, 커다란 돌, 나무 등에 저마다 '물그림'을 그립니다.

애기똥풀 모래그림

애기똥풀이 노랗게 피었습니다. 아이들을 '애기똥풀로 밑그림'을 그립니다. 애기똥풀은 아이들에게 멋진 화가가 될 수 있도록 노란 물을 나누어 주지요. 밑그림 위에 모래를 솔솔 뿌리면, 짜잔~ 멋진 애기똥풀 모래그림이 됩니다. 애기똥풀 노란물이 모래그림으로 다시 태어난 기분 좋은 날입니다.

마당놀이 봄 여름 가을 겨울

노랑이는 오늘 처음으로 어린이집에 왔습니다. 엄마 손을 꼭 잡고 놓지를 못 합니다. 낯선 환경에 긴장한 탓이기도 하겠지요. 엄마가 이끄는 대로 마당을 지나서 흙 동산으로 올라가더니 신발에 흙이 들어갔다고 자꾸 칭얼댑니다. 흙을 만지는 것도 싫어서 집게손가락으로 살짝 만져보더니 이내 양손을 탈탈 털어 댑니다. 종종 흙을 만지는 것을 낯설어하는 아이들이 있습니다.

방정환한울어린이집을 오게 되면 만나는 첫 풍경이 마당의 흙 동산입니다. 처음 문을 열 때부터 마당에 흙 동산을 만들었습니다. 아이들은 그곳을 오르내리며 잡기 놀이 하는 것을 좋아합니다. 흙 동산에는 커다란 굴이 묻혀있습니다. 그 속으로 아이들이 두더지처럼 드나들기도 하고 숨바꼭질을 할 때는 숨기 좋은 장소가 되기도 합니다. 처음 온 아이들은 그 굴을 통과하는 것이 하나의 도전이 되기도 하는데, 단박에 모험심을 발휘하며 굴을 빠져나오는 아이가 있는가 하면 입구에서 몇 번을 망설이며 들어서지 못하는

더운 여름날도 마당은 아이들에게 최고의 놀이 장소입니다.
마당 한 구석에 수돗가가 있는데, 수돗물을 틀어서 물놀이를
할라치면 이보다 재미난 일이 없지요. 흙으로 강줄기를 만들어
놓고 물을 퍼다 부으며 물이 흘러가는 방향을 따라 달려가기를
반복합니다. 제법 울타리를 쌓아올려서 저수지를 만들어 두고
물을 채우느라 부산하게 움직이기도 합니다.

아이도 있습니다. 그래도 괜찮습니다. 때가 되면 멋지게 그 굴을 통과할 테니까요.

방정환한울어린이집은 등·하원 차량 운행을 하지 않습니다. 엄마나 아빠가 아이들을 데려오고 데려가는데, 그 시간동안 서로 이야기도 나누고 몸 상태나 기분을 살피기도 합니다. 아이와 부모가 서로에게 집중할 수 있는 좋은 시간입니다.

등·하원을 함께 하는 부모와 아이는 하루의 시작과 끝을 마당에서 하게 됩니다. 아침이면 부모님의 손을 놓지 못하고 눈물바람을 하는 곳도 마당이고, 해가 꼴딱 넘어가도 더 놀다 가겠다고 떼를 쓰는 아이와 씨름을 하는 곳도 마당입니다.

봄에는 마당에 있는 나무울타리 주변으로 작은 꽃들이 피어납니다. 봄까치, 꽃다지, 광대나물, 봄맞이, 제비꽃…. 아이들은 노랑색, 보라색, 하늘색 종이 틀을 들고 울타리 아래 피어있는 작은 꽃들을 찾아봅니다. 종이 색깔과 닮은 색깔 꽃 위에 틀을 올려놓으면 들꽃 액자가 되는데 작은 것들을 자세히 살펴볼 수 있는 자연미술 놀이입니다.

마당 안쪽 흙 동산 곁에는 벚나무가 있는데 짙은 초록 이파리를 매달고 아이들에게 아낌없이 가지를 내어주는 나무입니다. 좀 튼실한 가지에는 그네를 매달아 놓았지요. 아이들은 앉아서 그네를 타다가 그것이 익숙해지면 일어서서 탑니다. 그것도 몸에 익게 되면 이제 둘이서 함께 탑니다. 동생은 앉고 언니는 일어서고, 친구끼리는 둘 다 발을 엇갈리게 해서 마주 보고 서서 탑니다.

벚나무에는 가지만 있는 것이 아닙니다. 나무의 몸통에서는 아이들이 늘 오르내리기를 합니다. 몇 번을 도전해서 결국 나무 위에 올라섰을 때 아이의 얼굴에는 세상을 다 얻은 것 같은 기쁜 미소가 가득합니다.

오름이는 특히 나무 타기를 좋아합니다. 마당에 있는 이동식 미끄럼틀을 끌고 와서 밟고 올라가 나무 가지로 옮겨 타는 걸 곧잘 합니다. 암만해도 남자 친구들이 나무를 타는 일을 더 많이 하지만 오름이는 그 친구들 못지않게 나무를 오르내리는 여자 아이입니다. 그렇게 가지 위에 올라서면 선생님을 목청껏 불러댑니다. 봐 달라고, 자기가 해냈다고. 자랑하고 싶은 마음이 하늘 끝까지 닿아있습니다.

더운 여름날도 마당은 아이들에게 최고의 놀이 장소입니다. 마당 한 구석에 수돗가가 있는데, 수돗물을 털어서 물놀이를 할라치면 이보다 재미난 일이 없지요. 흙으로 강줄기를 만들어 놓고 물을 퍼다 부으며 물이 흘러가는 방향을 따라 달려가기를 반복합니다. 제법 울타리를 쌓아올려서 저수지를 만들어 두고 물을 채우느라 부산하게 움직이기도 합니다. 땀이 삐질삐질 날 무렵 선생님이 수돗물을 틀어서 호수로 물줄기를 품어주면 아이들은 환호성을 지르며 도망을 가기도 하고 손으로 막아서며 선생님께로 달려와 호수를 가로채서 물줄기를 쏘아대기도 합니다.

하루는 원장선생님이 커다란 고무 통 두 개를 사오셨습니다. 사실은 아이들이 물을 너무 함부로 쓰지 않도록 물을 받아서 쓸 수 있게 하자고 사온

통이었지만 아이들은 어른들의 생각을 뛰어넘는 재주가 있지요. 그 통은 새로운 놀이터가 되었습니다. 물을 채우는 것이 아니라 아이들로 가득 채워진 것이지요. 흙도 퍼다 넣고 물도 넣고 진흙탕이 된 통 속에 아이들이 들어가서 자연인(?)이 되었습니다.

가을이 찾아온 마당에는 맨발로 놀러 나온 아이들이 평상 위에 앉아 책을 봅니다. 야단스럽게 뛰어 놀기도 하지만 책을 읽기도 좋아해서 간혹 마당에 앉아 선생님이 책을 읽어주기도 하고 자기들끼리 보기도 합니다. 그 풍경이 그림처럼 아름답게 보이는 던 날이 기억납니다.

마당 가장자리를 따라 노랗게 피어있던 해바라기는 가을이 되어 까만 씨앗을 촘촘히 만들었습니다. 내년에 다시 심자고 마당 한쪽에서 말리던 씨앗은 생쥐님께서 몽땅 잡수고 가셨습니다. 울타리 아래 넝쿨을 뻗은 구기자는 말간 주황빛 색깔로 변신해서 눈에 확 들어옵니다. 구기자 열매를 따고 있으니 아이들이 다가와 같이 땁니다. 말려서 구기자에 대추를 넣고 푹 끓여서 차로 마시면 그만입니다.

눈을 자주 볼 수 없는 이곳 아이들은 겨울 마당에서 긴 줄넘기도 하고, 술래잡기도 하고, 따스한 햇살이 비치는 건물 담벼락에 삼삼오오 둘러앉아 소꿉놀이에 시간가는 줄 모릅니다.

오후4시쯤이면 아이들이 집으로 돌아가는 시간인데, 방정환한울어린이집 아이들은 곧장 집으로 가는 일이 거의 없습니다. 대부분은 마당에서 한 시간쯤 놀고 나야 재촉하는 엄마 손을 잡고 집으로 돌아갑니다.

엄마 아빠는 마당가에 앉아서 아이들을 살펴보는데 우리 집 아이뿐 아니라 다른 아이들도 내 아이처럼 만나는 경험을 하는 공간입니다. 또한 짬짬이 선생님들과 짧은 상담이 이뤄지기도 하는 시간입니다.

서쪽 하늘의 붉은 노을이 내려와 맨발로 노는 아이들 뒤꽁무니를 쫓고, 아이들은 금동이(어린이집 마당에 사는 강아지)를 쫓아 다니며 흙 동산을 몇 번이고 오르내리고, 금동이는 아이들을 따라 종종종 뛰어다니고….

날마다 만나게 되는 방정환한울어린이집 마당 풍경입니다.

"서로 배우겠습니다!"

아침에 어린이집에 온 아이들은 선생님들과 둥글게 둘러서서 서로 맞절을
합니다. 그것을 우리는 '함께절'이라 말합니다. 이때 선생님들과 아이들은
절을 하면서 '서로 배우겠습니다' 라고 말합니다. 교사가 일방적으로 아이
들을 가르치기보다 아이들을 통해 교사도 배우자는 의미입니다. 서로 배움
터, 그것은 교실에 한정하지 않습니다. 마당에서는 흙과 물, 금동이(강아지
이름)에게서, 마을 골목길에서는 동네 어르신들과 소와 강아지, 감나무에게
서 숲에서는 바람과 햇볕과 나무와 새, 풀벌레의 울음소리에서도 서로 배우
고자 합니다. 그런데 서로 배움이 일어나기 위해서는 잘 놀아야 합니다. 놀
이는 재미있고, 자발적이고 몰입하는 특징을 갖고 있는데, 그것은 배움이
일어나게 하는 과정과도 닮아 있습니다. 그래서 아이들에게는 배움이 놀이
처럼 이루어질 때 제대로 몸에 배고 스며들어 자기 것이 되는 것입니다. 그
러니 잘 노는 아이가 잘 자란다는 말이 맞다는 생각이 듭니다.

  그런데 배움이 놀이여야 한다는 것은 비단 아이들뿐만 아니라 어른들도

어른들도 아이들과 노는 동안 스스로를 발견하고
배우는 즐거움이 일어나면 좋겠습니다.

마찬가지입니다. 어른들도 잊고 지내지만 깊숙이 품고 있을 놀이 본능을 깨워서 아이들과 노는 동안 스스로를 발견하고 배우는 즐거움이 일어나면 좋겠습니다. 그렇게 된다면 많은 교육의 문제가 해결되지 않을까요? 놀면서 배우는 경험을 어른들이 제대로 해낸다면 교육제도를 만들고 정책을 만드는 어른들이 제대로 된 교육과정을 만들어 낼 수 있을 것이고 교사를 양성하는 대학교의 교육과정도 분명 많이 달라질 거라는 기대를 해봅니다.

방정환한울어린이집에는 부모들이 수시로 드나듭니다. 그것은 부모들에게 배움의 공간을 열어두고 서로 함께 만들어 가고자 함이요, 부모들도 이터전에서 배움이 일어나기를 바라기 때문입니다. 부모들은 '산들맘'(나들이 보조 활동)이라는 활동으로 아이들과 함께 나들이를 나갑니다. 아이들을 안전하게 보살피러 가는 역할을 하지만 다녀와서 기록해 두는 '산들맘 일지'를 살펴보면 아이들과 함께 하는 시간동안 오히려 어른들이 아이들에게 배우고 있다는 것을 발견합니다. 옷을 더럽힌 아이를 걱정하는 산들맘한테, 아이들은 '괜찮아요~ 씻으면 돼요'라고 일러주고, 사람이 사람답게 살아가는 근본을 '콕' 집어서 들려주기도 합니다.

저수지로 이동해서 물속에 뭐가 사나 탐색도 해보고 적당히 몰랑해진 흙을 조물거리며 하트 집에 사는 눈사람 가족들도 만들어 보았어요. 평소의 저라면 더럽다고 만지지도 않았을 텐데… "씻으면 괜찮아요" 아이들이 말해주어서 저도 신나게 놀았습니다. (6월 산들맘 일지)

아이들이 노는 모습을 보면서 어느새 어른이라는 틀 속에 가두어 두었던 동심을 끄집어내기도 합니다. 누구의 엄마, 아빠이기 이전에 몸에 담겨있던 흥과 신명을 일깨워내고 있는 것입니다. 그래서 아이들과 놀고 나면 왠지 마음이 풍성해지는 느낌이 듭니다. 아이들도 엄마, 아빠와 목적이 없는 놀이를 할 때 제대로 놀았다고 느끼고 그 속에서 서로를 알아보게 됩니다.

저수지 낚시터는 처음 가보는데, 비가 오고 난 뒤라서 그런지 물색이 너무 이쁜 게 기억에 남아요. 아이들이 줄지어서 고기 잡는 모습은 나이와 관계없이 잘 어울려서 너무 귀여웠어요. 저도 아이들과 같이 낚시를 하니 동심으로 돌아가는 것 같은 시간이었어요.(5월 산들맘 일지)

개인적으로 비가 오는 날이면 질척이는 땅, 늘어난 짐, 금방 젖어버리는 신발과 옷들 때문에 비 오는 날을 좋아하지 않는데 오늘은 빗속에서 노는 아이들을 보며 '오롯이 비를 맞아본 게 언제지?' 하는 생각을 하며 묘하게 기분이 좋아졌습니다. 오히려 질척이는 땅에 더 첨벙이고 우산 없이 빗속을 뛰어다니며 참 즐겁게 놀았습니다. 아이들보다 제가 더 신이 났는지 모르겠네요.(9월 산들맘 일지)

어른이 되면서 모르는 것도 아는 척 해야 하는 순간들이 늘어나고 그러다 보면 스스로도 안다고 착각을 하며 자세히, 가만히 들여다 보기를 게을리 하게 됩니다. 천천히 귀를 열고 마음을 여는 일에 둔해진 어른들에게 아이들은 호기심에 찬 눈으로, 열린 감각으로 '훅' 밀고 들어와 경계를 허물어 놓습니다.

저쪽에 있던 껌껌한 동굴 속으로 누가 사는지 탐험을 떠났어요. 폐쇄공 포증이 있는 저로서는 들어가고 싶지 않은 마음뿐이었지만, 아이들에게 그런 모습을 보일 수 없어서 뒤따라갔어요. 성큼성큼 걸어 들어가 이것저것 살펴보는 아이들… 무섭다 하면서도 구경할 건 다 하더라고요. 오늘도 아이들의 용기와 호기심에 한 수 배웠습니다.(8월 산들맘 일지)

마을회관 쪽으로 걸어가다가 토종닭과 감나무, 쑥쑥 자란 벼와 처음보는 꽃들을 보며 시간 가는 줄 몰랐어요. 평소와 다르게 아이들의 시선으로 주변을 바라보니 무심코 지나친 것들과 아름답고 신기한 것들이 많다는 것을 느끼게 돼요.(9월 산들맘 일지)

살아가다 보면 힘들고 어려운 순간을 만납니다. 피해가고 싶지만 그럴 수 없는 순간이 있기 마련입니다. 그럴 때 나를 믿어주고 기다려주는 누군가가 있다면, 가야 하는 그 길을 헤치고 나갈 용기를 얻게 될 것입니다. 아이들은 숲에서 험한 길을 만나면 서로에게 손을 내밀어줍니다. '잘할 수 있어!'라고 친구를 격려하며 기다리는 모습을 종종 봅니다. 그 모습에 마음이 뭉클해진다면 그건 삶의 진리를 만난 감동일 것입니다. 누구라도 그렇게 살아가야 한다는 걸 알면서도 그러지 못하는 것에 대한 부끄러움일 것입니다.

아이에게 좋은 교육 환경을 만들어주고자 애쓰는 만큼, 부모와 선생님도 즐거움이 출렁이는 놀이 속에서 배움이 일어나는 경험을 위해 마음을 열고 몸을 움직이는 수고로움을 아끼지 않았으면 좋겠습니다. 그렇게 함께 '서로 배움터'를 만들어 가면 좋겠습니다.

솔방울산 뒤쪽 길로 탐험을 떠났습니다. 길이 없는 곳에 새로운 길을 만들면서. 낙엽도 많고 나뭇가지가 많아서 도저히 혼자서는 갈 수 없을 것 같은 길을 친구들과 서로 도우며 길을 가던 아이들 모습에 감동했습니다. 탐험 길 끝에는 높은 수로 길이 있었는데, 좁고 높은 길이어서 걱정했지만 한 명씩 천천히, 조심조심 도전해서 11명 모두 성공하였습니다. 가슴이 뭉클해지는 순간이었습니다.(12월 산들맘 일지)

아빠와 함께하는 놀이마당

옛이야기나 신화에 보면 주인공이 아버지를 찾아 길을 떠나는 이야기가 많습니다. 나선 길에서 온갖 통과의례를 거치는 동안 아이는 세상을 살아갈 수 있는 지혜를 배우고 사람이 살아가는데 필요한 관계를 익힙니다. 그렇게 아버지는 아이들에게 세상을 열어주는 통로입니다.

유아들은 아버지를 놀이를 통해서 만납니다. 그런데 아이들이 자라는 동안 아버지는 바쁘지요. 아이들을 잘 키우기 위해 열심히 일을 합니다. 사회 생활을 하다보면, 경쟁에서 살아남기 위해 공부도 해야 하고, 세상 돌아가는 것도 알아야 하니 뉴스도 봐야 하고, 건강을 유지하기 위해 운동도 해야 하며, 대인관계도 중요하니 퇴근 이후에 술자리도 마다할 수 없습니다. 그러다 보니 아이와 놀 시간이 줄어들 수밖에 없습니다.

영국의 뉴캐슬대학에서 30개월~만 5세 아이가 있는 가정을 대상으로 아빠와의 신체놀이가 아이에게 미치는 영향을 연구했다고 합니다. 연구 결과 아빠와 신체놀이를 많이 한 아이일수록 감정과 생각을 조절하는 능력이 뛰

아빠들이 엮어준 넓고 긴 등에 아이들이 올라탑니다.
아빠들의 등이 파도를 일으키자 아이들은 소리를 지르며
아빠의 등에 바짝 달라붙습니다.
아빠도 아이도 심장이 뛰기 시작합니다

어났을 뿐만 아니라 공격성도 줄이는 역할을 했다는 것이 밝혀졌습니다. 뉴캐슬대학 가족연구센터의 리처드 플레처(Richard Fletcher)박사는 이렇게 말했습니다.

"아빠와 아이의 신체놀이는 아이에게는 자신이 가진 모든 힘을 쓰며 놀이를 하도록 하고, 아빠에게는 아이와 힘을 조절하며 아이의 눈높이에 맞추어 놀이를 할 수 있도록 합니다. 아빠와 아이가 신체놀이에 몰입할 때, 아이의 뇌는 행동을 조절하는 방법을 배울 수 있게 됩니다.

아빠와 아이가 하는 신체놀이는 불규칙하여 아이를 놀라게 합니다. 아빠의 놀이는 갑작스러운 흥분을 느끼게 해주죠. 이것은 감정을 통제하는 방법을 배우는 데 매우 중요한 역할을 합니다."(『부모공부, 〈놀이: 빼앗겨서는 안 될 절대 권리〉』, 고영성, 스마트북스)

아이들에게 아빠를 돌려주어야 하는데, 제대로 놀아볼 기회를 가지지 못한 아빠는 어색하기 짝이 없습니다. 마음과 달리 몸이 따라주지 않기도 하고, 어떻게 놀아야 하는지 몰라서 놀이에 집중할 수 없습니다. 아빠의 자리를 돌려주고, 아빠와 함께하는 놀이를 통해 서로를 알아가는 시간을 마련해주고 싶었습니다. 그래서 1년에 한번 이상은 산들맘(산·들·마음)으로 참여하도록 합니다. 그 시간은 아이들이 어린이집에서 어떻게 생활하고 있는지 아빠가 아이의 일상을 살펴볼 기회를 줄 뿐 아니라, 아빠들도 자연 속에서 산과 들의 마음처럼 아이를 돌보기 위한 배움을 얻는 시간이기도 합니다.

그리고 1년에 한번은 '아빠와 함께하는 놀이마당'을 열어서 긴 시간 아빠와 아이가 몸놀이를 맘껏 할 수 있도록 합니다. 아빠와 아이가 만나서 몸을 부딪치고 마음을 나누는 시간은 작년에 이어 올해 두 번째입니다.

작년에는 어린이집 마당에서 아빠가 해주는 밥을 먹고 어린이집 안과 밖에서 몸놀이를 하면서 하룻밤을 보냈습니다. 올해는 용담정으로 장소를 옮겨서 좀 더 활동 범위를 넓혔습니다.

오후 5시가 넘어서자 아이와 손을 잡고 아빠들이 하나 둘 모여들기 시작합니다. 싸 온 도시락을 아이들과 함께 먹고 자유놀이를 합니다. 굴렁쇠, 제기차기, 투호, 딱지 접어서 놀기를 구석구석에 펼쳐두었습니다. 아빠들은 쭈뼛쭈뼛 굴렁쇠를 굴려보는데 생각처럼 굴러가지 않습니다. 제기차기도 쉽지 않습니다. 잠시 뒤 한 아빠가 굴렁쇠를 굴리지 않고 힘차게 밀어서 보내면 아이들이 굴렁쇠를 잡으러 달려가기를 합니다. 아빠는 더 멀리 보내고 아이들은 소리를 지르며 더 열심히 뛰고. 그 아빠는 좀 놀아본 아빠인 것 같습니다. 아이가 놀 수 있도록 놀이를 변형해서 놀고 있으니까요. 한편 제기를 들고 간 아빠는 여전히 몸짓이 어색합니다. 맘과는 달리 자연스럽게 놀이 속으로 들어가지 못합니다.

이제 모둠이 나눠지고 아이들과 말뚝 박기를 합니다. 아빠들이 엮어준 넓고 긴 등에 아이들이 올라탑니다. 아빠들의 등이 파도를 일으키자 아이들은 소리를 지르며 아빠의 등에 바짝 달라붙습니다. 아빠도 아이도 심장이 뛰기 시작합니다. 겁이 나서 쉽게 도전을 못하던 아이도 어느새 형아, 누나 사이에 끼어 출렁이고 있습니다. 아빠가 만들어준 위험은 아이들의 몸에 균형을 잡게 합니다.

이어서 아빠 두 명이 손가마를 만들고 아이들을 태웁니다. 릴레이로 아이들을 태우고 달려가 과자를 따 먹는 놀이, 아빠들도 어릴 적에 해 본 놀이입니다. 아이들의 입속으로 과자가 들어가지 않자 옆 팀의 아빠가 살짝 아이 입속으로 과자를 넣어줍니다. 이기기 위해 열심히 뛰지만 아직 어려서 요령을 배우지 못한 동생 팀에게 배려를 아끼지 않는 모습입니다. 이제 어둠이 조금씩 내려오기 시작하고 긴 줄넘기로 놀이가 이어집니다.

아빠의 목과 등에 아이들이 올라탑니다. 아빠는 아이를 넘어지지 않게 꽉 붙잡고 있습니다. 아빠의 단단한 어깨 위에서 흔들거리며 아이들의 흥분된 목소리가 터져 나옵니다. 하나, 둘, 셋을 넘기지 못하고 긴 줄은 멈추고 맙니다. 아빠는 힘이 빠지지만 그래도 등 뒤에 팔딱팔딱 뛰는 아이의 가슴을 느끼며 다시 한번 힘을 냅니다. 드디어 열 번을 넘기자 아빠와 아이의 우렁찬 목소리가 북소리와 어우러지며 용담정 숲을 가득 메웁니다. 이번에는 아빠의 발이 줄에 걸려 아이를 안고 아빠가 넘어집니다. 아빠는 아픕니다. 그러나 아이 앞에서 아빠는 무너지지 않습니다. 벌떡 일어나 아이를 살핍니다. 긴 줄을 오래 넘고 싶지만 넘어졌을 때 다시 일어나는 아빠를 아이가 봅니다. 넘어질 수도 있으니 다시 일어나면 된다는 것을 보여주고 있습니다.

해가 지고 밤이 됩니다. 아빠와 아이는 이제 어두운 밤길을 더듬어 용담정 맑은 물을 찾아갈 채비를 합니다. 어두운 길, 살아가면서 우리는 눈앞이

깜깜한 길을 더러 만납니다. 누구도 피해갈 수 없는 과정이지요. 그럴 때 아빠와 손을 잡고 한 발 한 발 나아갔던 이 길을 기억해 주면 좋겠습니다. 아빠의 손이 없어도 혼자 씩씩하게 나아가기 위해서 지금은 아빠의 손을 꼭 잡습니다. 돌부리에 넘어질 뻔하면서도 아빠와 아이는 밤길을 끝까지 걸어갑니다.

내려오는 길에는 미션 깃발에 새겨진 장소에 앉아 그림책을 읽습니다. 아빠가 숨을 고르며 손전등 불빛에 기대어 책을 읽어줍니다. 아빠의 목소리에 무서움도 물러갑니다. 아빠와 아이가 나누는 이야기 소리가 고요한 밤 숲에 자작자작 들려옵니다.

숲길을 무사히 통과한 아빠와 아이는 촛불을 앞에 두고 앉습니다. 촛불은 서로에게 더 집중하도록 만들지요.. "아빠 힘내세요.~ 우리가 있잖아요.~~" 아이가 노래를 부르며 다가와 아빠를 안아줍니다. 아빠와 아이는 서로를 꼭 안으며 속삭입니다. "사랑해~~."

깊어진 여름 밤, 아이와 아빠가 집으로 가는 길을 향해 발걸음을 옮깁니다. 아빠의 어깨에도 아이의 등에도 달빛이 내려와 있습니다.

두 번째 〈아빠와 함께하는 놀이마당〉이 끝났습니다. 선생님들이 마련한 놀이마당에서 아빠와 아이가 잘 놀았습니다. 내년에는 아이들이 아빠와 놀고 싶은 놀이로 마당을 채우고 아이들이 준비를 해보면 좋겠습니다. 아이들이 주도한 놀이마당에서 신명난 아빠와 아이들을 만나고 싶습니다.

도토리 세 개로 시작한 아나바다 한울장터

"얘들아, 도토리는 몇 개 주워오지요?"

"세 개요~"

시끌벅적 나들이를 나서며 선생님이랑 약속을 합니다. 좀 있으면 '한울장터'가 열립니다. 아이들은 토토리를 주워오기로 했습니다. 도토리 묵을 만들어서 장터에 내놓을 참입니다.

아이들은 '한울장터'를 진즉부터 준비해오고 있습니다. 묵사발을 만들기 위해서 도토리가 떨어지기 시작할 때부터 주워오기 시작했습니다. 그것도 하루에 세 알. 다람쥐가 먹을 것은 남겨두어야 하니까요.

그렇게 모아진 도토리가 제법 묵을 쑬 만큼 모아졌을 때 바짝 마른 도토리에서 벌레 먹은 것을 가려내고 껍질을 까고 가루로 만들었습니다. 행사 전날에는 묵을 쑤느라 원장님이 반나절 동안 공을 들여야 했지요. 당일 아침 식혀둔 묵을 잘라서 담아가려고 끄집어내 보니 어라? 서로 엉겨 붙지 않고 퍼석하게 부서지고 맙니다. 뭔가가 잘못되었는데 알 수가 없어서 애가

아이들이 도토리를 줍는 일만 한 게 아닙니다.
이 장터를 알리는 현수막을 만들기로 의기투합하고
그날부터 글자를 그리기 시작했습니다.

탑니다. 아이들이 도토리를 세 개씩 들고 와서 여러 날을 차곡차곡 모았던 것이라는 생각에 어떻게라도 묵이 되게 하려고 원장 선생님은 분주합니다. 결국 밤가루를 조금 섞고서야 묵을 만들어서 장터에 가져갈 수 있었습니다. 이 과정은 장터에서 내내 이야깃거리가 되었습니다. "묵이 안 쒸겨갖꼬, 아침에 진땀 쫌 흘렸네.~" 퇴근해서 장터에 왔던 아빠들은 그 이야기가가 버무려진 묵사발을 아주 맛나게 먹었습니다.

행사를 하기 위해서는 그 준비 과정들이 있습니다. 잘 드러나지 않는데다 수고롭기까지 해서 행사를 준비하는 당사자들을 힘들게 만들기도 합니다. 그럼에도 불구하고 당일의 행사 못지않게 중요한 것이 준비하는 과정이라고 생각합니다. 그 과정에서 서로 협동하고 관계 맺고 연대하는, 지금 우리의 교육현장에서 꼭 필요한 가치들이 송글송글 살아나게 되니까요. 행사를 하다보면 과정보다는 당일의 활동들과 결과에만 집중하게 되는 경향이 있습니다. 그런데 놓치지 말아야 하는 것은 과정을 함께 설계하고 시간을 들여서 그 과정을 겪어내는 것입니다. 준비 과정에서 원하는 것을 얻기 위해서는 기다려야 한다는 것을 자연스레 알게 되고, 실수와 의견을 조율해가면서 서로 돕고 관계 맺는 것들을 저절로 배우게 됩니다. 그래서 과정을 충분히 나누는 작업이 무엇보다 중요하다고 여깁니다.

아이들이 도토리를 줍는 일만 한 게 아닙니다. 이 장터를 알리는 현수막을 만들기로 의기투합하고 그날부터 글자를 그리기 시작했습니다. 방정환한울어린이집에서는 글자공부를 따로 하지 않기 때문에 글자를 제대로 아는 아이가 거의 없습니다. 알음알이로 제법 읽는 아이들은 있지만 쓰기는 그리기 수준에 가깝습니다. 선생님이 보여준 글자를 따라 큰 글자를 그리고 오려서 색칠을 했습니다. 알록달록 무지개 색깔로 색칠하기를 좋아합니다. 하루는 길다란 천 위에 글자를 붙이기로 하고 각자 색칠한 글자를 들고 나와서 붙이기 시작했습니다. 삐뚤삐뚤 춤을 추듯 글자가 붙여지고 행사가 있기 며칠 전부터 장터를 펼칠 용담정 주차장 공터에 현수막을 달아두었습니다.

엄마들도 이 준비과정에 적극적으로 참여했습니다. 몇 차례 회의를 하면서 그날 내놓을 물건들과 먹을거리를 정하고 미리 준비에 들어갔습니다. 바느질 솜씨가 좋은 엄마들은 겨울목도리, 아이들 목수건(턱받이)을 미리 만들기 시작했고, 텃밭에서 기른 것으로 장아찌를 담그고, 효소를 만들었습니다. 장터에 빠지면 섭섭할 먹을거리로 어묵, 떡꼬치, 샌드위치, 삶은 달걀을 정하고 담당을 나누었습니다. 그러는 동안 자주 만나야 했고, 서로 가진 재능도 발견하고, 조금 더 가까워지는 시간을 보냈습니다. 현대판 공동체의 모습이 이런 모습이지 않을까 싶습니다. 비록 가까이 모여 살지는 않더라도 어떤 활동이나 모임이 구심점이 되어 서로 품을 나누며 시간을 쌓아가는 것, 그것은 물리적인 거리를 뛰어넘어 이웃이 되는 일일 것입니다. 이런 활동들이 좀 귀찮긴 하지만 재미난 활동으로 자리 잡을 수 있도록 하는 것, 그것 또한 방정환한울어린이집에서 만들어가고 싶은 모습입니다.

'한울장터'를 여는 또 하나의 까닭은 집에서 지금은 쓰지 않는 물건, 다른 사람에게 필요할 것 같은 물건들을 서로 바꾸고 나누어 쓰자는 것입니다. 아이들 장남감에서부터 부엌 수납장에서 한번도 나오지 않은 그릇들, 장롱 속에서 몇 년은 바깥바람을 못 쏘이고 있는 옷들과 신발들까지 더러는 있는지조차 기억도 못하고 쌓여있는 물건, 아까워서 버리지 못하는 것들, 더 좋은 기능을 가진 것이 나와서 딱 한번 쓰고 묵혀둔 것들, 상품을 구매할 때 끼워주기로 들어 온 것들, 너무 많은 물건들이 집안 구석구석을 차지하고 있으니 말입니다. 시장에 쏟아져 나오는 온갖 물건들이 마치 지위를 나타 내는 상징이 되거나 가치를 높여주는 것처럼 포장되어 우리 생각을 장악하고 있습니다. 오히려 그것을 갖지 않았을 때, 소외감과 박탈감을 느껴야 하는 지경에 이르렀으니 물건이 이제 우리 삶의 주인공 행세를 하고 있는 판입니다. 남아도는 물건들이 거대한 쓰레기가 되어 후세대들에게 또 다른 부담을 안겨주는 일을 하지 않으려면 소비에 대한 생각을 바꿔야 합니다.

바람이(가명)는 엄마가 오랫동안 갖고 놀지 않는다고 천으로 만든 인형을 내놓았는데, 그건 할머니가 제주도 여행 갔다가 선물로 사다 주신 거였습니다. 바람이는 그 인형을 보자 다시 그 인형을 사겠다고 했습니다. 막상 내놓고 보니 다시 그 물건이 소중하게 보였나 봅니다. 장터가 열렸을 때 바람이는 정말 그 인형을 제일 먼저 샀답니다. 할머니와의 이야기가 담긴 인형은 또다시 소중하게 아끼는 위치로 돌아갔고 아마도 한동안은 달이에게 최고의 대접을 받을 듯합니다.

"백 원짜리가 어느 거예요?" 5살 봄이(가명)는 아직 돈을 모릅니다. 백 원짜리를 손에 쥐고도 어떤 게 백 원인지 모릅니다. 봄이가 사야할 것과 더 사지 말아야 하는 것을 구분하는 데 '한울장터'의 경험이 얼마나 도움이 될지 아직 잘 모르겠습니다. 물건을 소중히 여기고 아껴 쓰도록 하는 습관을 기르는 일에 가정과 어린이집이 배움터가 되어야 할 텐데, 어른들이 보여주는 모습이 그렇지 못한 것 같아 부끄럽기도 합니다. 그래서 이번 장터에서 아쉬웠던 것들을 새롭게 다듬으면서 '장터'는 앞으로도 계속 진화되어 가기를 바랍니다. 아나바다(아껴 쓰고 나눠 쓰고 바꿔 쓰고 다시 쓰고)의 의미를 살려서 소비에 대한 개념을 어른들이 먼저 바꿔가는 모습, 과정을 함께 하면서 차곡차곡 일상으로 스며들게 하는 노력을 해 나갈 수 있기를 바랍니다.

오래된 기억 하나가 떠오릅니다. 10여 년 전에 숲 해설을 하는 선배를 따라 숲으로 간 적이 있었는데, 선배는 숲 해설을 하고 난 뒤 마지막 정리 말로 '아껴 쓰자'고 했습니다. 미래 세대로부터 빌려 쓰고 있는 자연을 그나마 덜 망가뜨리고 물려주기 위해, 후세들에게 짐을 떠넘기지 않기 위해 지금 세대가 할 일은 아껴 쓰는 것이라고 했습니다. 오늘 다시 생각해 봐도 가장 현실적이고 실천적인 메시지라는 생각을 합니다. "아껴 씁시다!"

용담골 아이들과 나누는 마을밥상

방정환한울어린이집 마당에 마을밥상을 차립니다. 마을밥상이란 아이들과 부모님 선생님들이 함께 준비하여 차린 밥상을 동네 할아버지 할머니들과 나누는 일입니다.

이른 아침부터 어린이집 마당에 천막과 탁자가 도착합니다. 솔이 아빠가 후원해 주신 것입니다. 동네 어르신이 커다란 솥과 아궁이를 실은 리어카를 밀고 마당으로 들어오십니다. 마당 한쪽에 솥을 걸고 불을 때기 시작합니다. 마을밥상에 올라갈 육개장을 끓이기 위해서입니다. 어제 빌려다 놓은 그릇도 마당에 있는 평상 위로 내다놓습니다.

엄마들도 하나 둘 아이들을 등원시키고 밥상 차리기에 합류합니다. 잔치집에는 풍악이 있어야 한다며 원장 선생님이 우리 민요를 틀어놓았고, 엄마들은 잔칫집의 최고 메뉴인 부침개를 부칩니다. 기름을 더 넣어야 한다는 등, 얇아야 맛나다는 등, 한층 목소리가 높아지고, 9개월 된 누리 엄마 배보다 더 큰 수박을 참한 모양새로 자르는 콩이 엄마의 새로운 모습도 볼 수 있

아이들에게는 마을밥상이 행사라기보다 놀이에 가깝지요. 초대장을
만들 때도 그것을 들고 밭둑길을 달려가 전달할 때도 막걸리 병을 안고
골목길로 할아버지 할머니들 댁을 찾아갈 때도 신나는 놀이입니다.

습니다. 삐질삐질 땀을 흘리며 연기에 연신 눈물을 닦아내며 아궁이에 불을 붙이니 날 더운 것도 무색하게 국솥에는 펄펄 김이 오릅니다. 덩달아 신이 난 강아지 금동이도 한 몫 하느라 목청을 돋웁니다. 아이들도 마당을 뛰어다니며 분위기를 더합니다.

한쪽 천막 아래에서는 풍물패 엄마들이 모였습니다. 두어 달 연습한 풍물을 오늘 첫선을 보이려는 참입니다. 꽹과리를 든 들이 엄마는 '다시'를 거듭 외치며 연습을 하고 있습니다. 엊그제 배운 가락을 잊어먹었다고 핀잔을 들으면서도 '하하 호호' 웃음소리가 멈추지 않습니다.

주문한 떡과 고기가 오고 점점 상이 풍성해질 무렵, 아이들은 아직 초대를 못한 동네 할머니, 할아버지 댁을 찾아서 골목을 지나 논둑길을 줄줄이 걸어갑니다.

마을밥상은 작년에도 준비를 했습니다. 아이들과 현수막을 만들어서 담장에 붙이고 동네 할머니 할아버지를 초대하려는 즈음에 '메르스 사건'이 터져서 취소하고 말았습니다. 개원을 하면서 마을과 어린이집을 연계하는 방안 중의 하나로 마을밥상을 기획했습니다. '아이들이 자라는 데는 온 동네의 관심과 돌봄이 필요하다'는 말처럼 우리 아이들이 골목골목을 누비며 조잘대고, 누구의 논과 밭인지도 모른 채 한껏 놀이터로 만들어버리는 터라 마을 어르신들의 이해와 배려가 필요합니다. 어느 날 갑자기 동네에 어린이집이 뚝하고 들어오더니 날마다 동네를 들쑤시고 다닌다고 생각할 수도 있을 것이기 때문이다. 할머니 할아버지들이 삶에서 터득한 삶의 기술이 아이들에게 이어져야 한다는 생각을 했습니다. 세시풍속 이야기도 들어야 하고, 간장 된장 담그는 법도 배워야 하고, 잔칫날 그릇도 빌려와야 하고, 논밭에서 사계절의 변화를 보면서 궁금한 것도 물어봐야 합니다. 그래서 마을밥상이 필요합니다.

방정환한울어린이집에서는 매일 아침, 새날열기를 하는데, 그중에 '나누미'라는 활동이 있습니다. 쌀을 한 숟가락 떠서 다른 그릇에 옮겨놓으며 그 쌀이 우리를 키워주는 것에 대해 감사하는 마음을 표현합니다. 밥이 되어 나의 몸으로 오기까지 수많은 생명들의 수고로움이 있었으니까요. 바람과 해, 비와 흙, 지렁이와 다양한 미생물들, 나무, 꽃, 새와 나비, 부모님과 선생님도 오늘 이 시간을 만들어준 주인공들입니다. 그 모든 감사의 마음을 "지렁이님 고맙습니다." "엄마 고맙습니다."라고 말하며 내가 먹을 쌀에서 한 숟갈을 덜어놓습니다.

이것은 어린이집 개원 이후 계속되고 있는 활동인데, 그렇게 모여진 쌀이 제법 많은 양이 되었습니다. 고마운 마음이 가득 스며든 그 쌀로 밥을 해서 마을밥상을 차립니다. 그러니까 마을밥상은 1년 내내 아이들이 준비한 것이나 다름없습니다. 한 달 전부터는 현수막을 담장에 붙이고 아이들이 초대장을 만들었습니다. 그 초대장을 들고 나들이 길에 들판에서 만나는 할머니 할아버지께 꼭 오시라고 전해 드립니다. 마을 회관에도 가고, 댁으로도 찾아갑니다. 한 달 동안 발품을 팔아서 초대장을 돌리고서야 드디어 오늘 마을밥상을 차리게 된 것입니다.

아이들이 자라게 하는 배움터에 주변에서 함께 하고 계시는 마을 어르신들과 나누는 마을밥상에 엄마들도 두 팔 걷고 나섰습니다. 엄마들끼리 모여 몇 차례 회의를 하더니 십시일반 모금을 하고, 후원도 받아서 먹을거리를 마련했습니다.

한 분 두 분 굽은 허리로 두 팔을 휘이휘이 저으며 할머니들이 어린이집 마당으로 들어오십니다. 마을회관에서 만났던 할머니들, 지난 늦가을 아이들에서 감나무의 감을 따 맛을 보여주셨던 할아버지, 겨울에 썰매를 뚝딱뚝딱 만들어 주신 할아버지와 할머니, 용담수도원 원장님도 내려오시고 늘 아이들을 반겨주시는 서원의 원장님도 오시고, 어린이집을 개원했을 때 아이들과 들과 산으로 길을 내어주신 할머니 선생님도 오시고, 든든하게 우리를 지켜봐 주시는 어르신들도 오셨습니다.

준비된 엄마들의 상차림으로 맛난 음식이 오가고 있을 무렵 마당 한 곁에서 북과 장구소리가 나기 시작합니다. 흥겨운 가락이 이어지고 꽹과리를 든 들이 엄마의 한층 목청을 돋운 노래가 울려 퍼집니다. 저렇게 흥이 많은 들이 엄마인 줄 오늘 새롭게 알게 되었네요. 아이들과 선생님들이 나와 할아버지 할머니께 감사의 인사를 합니다. 박수 소리가 더 높아집니다.

식사가 끝나고 한 분 두 분 돌아가신 뒤에도 음식이 남았습니다. 선생님들과 아이들은 부지런히 음식과 막걸리 병을 챙겨들고 다시 논둑길을 지나 마을로 갑니다. 농사일이 바빠 못 오신 할머니 할아버지께 갖다드리러 가는 길입니다. 막걸리 병을 품에 안고 달려가는 아이들, 그 발걸음에 조랑조랑 신명이 달렸습니다.

아이들에게는 마을밥상이 행사라기보다 놀이에 가깝지요. 초대장을 만들 때도 그것을 들고 밭둑길을 달려가 전달할 때도 막걸리 병을 안고 골목길로 할아버지 할머니들 댁을 찾아갈 때도 신나는 놀이입니다.

동네 구석구석 자기들을 돌봐주는 사람들이 있어서 한껏 놀 수가 있다는 것을 알고 있습니다. 누구네 집에 송아지가 태어난 것도 알고 담장에 계절마다 피어나는 꽃이 다르다는 것도 압니다. 아이들이 지나갈 때 펄쩍펄쩍 뛰어오르며 반겨주는 강아지가 있는 집이 어딘지도 알고, 감나무에 감이 잘 익을 무렵에 실컷 먹을 수 있게 감을 따 주신 할아버지가 있는 집도 기억합니다. 덕숭사 마당의 그네를 망가뜨려 놓아도 비구니 스님들이 혼내지 않고 언제나 환한 미소로 아이들을 맞아주는 것도 알고 있습니다. 그래서 아이들은 안전합니다. 마을 어디에 있으나 아이들은 어른들의 눈에 들어오고, 마을이 아이들을 돌보고 있는 셈입니다.

사람이 살아가면서 자연히 그러해야 하는 것들이 그대로 살아있는 배움터, 곧 아이들의 놀이터가 되는 곳, 그 속에서 아이들의 몸과 마음이 건강하게 자랄 거라는 믿음이 깊어집니다.

방정환한울어린이집 세 살이 되다

"오늘은 방정환한울어린이집이 세 살 생일이에요. 함께 축하합시다. 생일 축하합니다~"

모두 함께 생일 노래를 부릅니다. 원장 선생님이 감사의 말씀을 한 후, 혹시 누가 축하노래를 해 줄 사람 있나요? 했더니 4살반 아이들이 손을 번쩍 듭니다. '곰 세 마리', '작은 별', '진욱이는 말랐어' 줄줄이 노래가 나오면서 즉흥 축하공연이 되었습니다. 형님반 친구들은 '예쁘지 않은 꽃은 없다'를 합창합니다. 계획하지 않았지만 아이들의 흥에 겨운 노래로 어린이집 아침이 가득하게 채워집니다. 예상치 않게 시간이 흐릅니다. 다음 일정을 체크하며 멈추게 하는 사람이 없습니다. 선생님들은 아이들의 노래를 응원하며 함께 즐깁니다. 그래서 아이들은 가사가 틀려도, 아직 다 알지 못하는 노래라도 서슴없이 손을 들고 맘껏 노래를 합니다.

그랬습니다. 선생님들의 노고가 컸습니다. 날마다 나들이를 나가는 일이 만만한 일은 아닙니다. 비가 오거나 바람이 많은 날, 미세 먼지가 많은 날처

"오늘은 방정환한울어린이집이 세 살 생일이에요.
함께 축하합시다. 생일 축하합니다~"

럼 나들이를 방해하는 걸림돌이 아침마다 생깁니다. 그런데 비가 와서, 바람이 불어서 더욱더 바깥으로 나가야 하는 이유가 되는 어린이집 선생님들로 성장해 주었습니다.

자잘한 적응 시간이 필요하긴 했지만, 큰 무리 없이 선생님들이 자기 자리를 지켜주었고 아이들을 기다려 주었습니다. 처음 어린이집 문을 열 때 우리는 프로그램보다 선생님이 차별화 되어야 한다고 말했습니다. 선생님들은 늘 같은 일들을 하고 있어서 스스로 변화된 모습을 알아차릴 수 없을지 모르지만 곁에서 지켜보는 사람 눈에는 선생님들의 변화가 보입니다. 생태적인 일상생활을 선택하기란 귀찮고 불편한 점들이 많습니다. 그런 불편함을 감수하는 일은 스스로 할 수밖에 없습니다. 그래서 시간이 필요하고 기다려야 한다는 생각을 합니다.

아이들을 보살피는 일도 그렇습니다. 하나하나의 색깔로 모인 아이들을 가만히 들여다보고 천천히 기다려주는 일을 감당하는 것은 말처럼 쉽지 않습니다. 정해진 규칙대로 이끌어가도 교사의 역할을 다하는 것입니다. 그런데 개별적인 것을 인정하고 느긋하게 하나하나를 살피고 돌보는 일이란 참으로 감당해야 하는 것들이 많아진다는 이야기이기도 합니다. 충분한 교실 공간과 교사의 비율이 갖춰지지 않은 상황에서는 더욱 교사의 부담은 커질 수밖에 없습니다. 그런 일들을 기꺼이 해주고 있는 선생님들께 이 글을 쓰면서 다시 한번 감사드립니다. 늘 새롭게 커 가는 아이들을 맞이해야 하니 선생님들도 날마다 깨어나야 합니다. 어떻게 해야 할지 몰라서 갈등하고 제대로 대처하지 못한 스스로를 자책하겠지만 아이들처럼 끊임없이 반복하고 도전하면서 어느 날 한 고비 넘어서는 자신도 발견해 갈 것이라고 믿고 있습니다.

방정환한울어린이집이 2년 반을 넘어서며 원장님이 새로 오셨습니다. 30년 가까이 초등학교 교사로 살아온 원장님은 어린이집 원장이라는 새로운 일을 기꺼이 맡아주셨습니다. 한 걸음 더 나아가는 계기가 될 것이라고 기대합니다.

3년이 지나면서 6명의 졸업생이 생겼고, 현재 32명 정원으로 4~7살까지 아이들과 네 분의 담임 선생님, 주방 선생님과 원장 선생님, 금동이(마당에서 크고 있는 강아지)까지 함께 어린이집을 꾸려가고 있습니다.

여전히 어린이집에서는 새날열기를 합니다. 아침에 '맑은물'을 마시며 하루를 열고, 점심시간에는 밥을 먹기 전에 밥 한 그릇이 있기까지 애써 준 천지만물에 감사를 드리면서 한 숟갈 쌀을 떠 놓는 '나누미'를 하고 있습니다.

매일 산과 들로, 마을 골목으로, 이웃 동네로 나들이를 나갑니다. 그러는 동안 아이들 다리에 힘이 오르고 조금 더 거친 길도 나아갈 용기를 얻습니다. 간격이 있는 평상 위를 뛰어 건너는 연습을 반복하던 4살반 아이들이 평상을 훌쩍 건너뛰며 성취감에 흠뻑 젖은 그 기쁜 얼굴을 잊을 수 없습니다. 그 아이들이 요즘은 "왜요?"를 입에 달고 쫓아다닙니다. 세상을 호기심 가득한 눈으로 감각으로 마음으로 알아가는 중입니다. 어떤 날에는 아이들의 질문을 따라가다 나도 문득 궁금해지는 순간들을 만납니다. 너무 당연해서 혹은 익숙해서 당연하다고 생각하던 것들이 새로워지기도 합니다. 아이들에게서 한 수 배우게 되는 순간입니다.

봄에는 '가족 산행'을 했고, 여름에는 '아빠와 함께 하는 캠프'를 했습니다. 아빠와 함께 밤길을 걸으며 손으로 전해지는 서로를 느끼고, 엄마한테 감사의 편지를 써서 엄마들을 감동시키기도 했습니다. 얼마 전에는 7세반 아이들과 졸업여행을 다녀왔습니다. 하룻밤 부모를 떠나 세상을 향해 걸어 나온 아이들, 너무도 신나게 친구들과 놀더라는 이야기를 선생님들게 전해 들었습니다. 출발하는 당일 아침까지 아이를 보내야 하는지를 두고 고민하던 어떤 부모는 여행을 떠나는 아이 친구들을 배웅하러 나갔다가 아이가 선생님 손을 잡는 바람에 아무 준비 없이 합류해서 여행을 보냈습니다. 아무 준비도 없이 갔던 터라 불편한 조건이었지만 아이는 너무나 즐겁게 친구들과 어울려 놀았다고 합니다. 여행을 다녀온 후, 부모는 여행을 잘 보냈다고, 안 보냈으면 어쩔 뻔했냐는 이야기를 했다고 합니다. 다른 아이들도 또 가고 싶다고 했다는데, 부모들은 좀 섭섭할는지 모르지만 아이들은 부모를 벗어나 낯선 곳에서 친구들과 함께 하는 것을 즐겼다는 이야기입니다. 대단한 곳을 간 것도 아니고, 특별한 곳에서 잠을 잔 것도 아닙니다. 단지 친구들과 갔다는 거, 부모를 벗어나 독립된 존재로 있었다는 거 정도가 평소의 여행과 다른 부분입니다. 아이들은 이제 부모의 품에서 나와 세상을 향해 나아가고자 합니다. 부모들도 아이들이 기꺼이 떠날 수 있도록 준비가 필요합니다. 내 품속 아이에서 우리 아이로 성장해가는 것을 축복하고 씩씩하게 세상을 만날 수 있도록 두 팔을 열어주어야 합니다. 가끔은 부모들이 더 아이들을 놓지 못하는 안타까운 상황들을 볼 때가 있습니다. 성장과정에서 통과의례처럼 겪어야 하는 일들입니다. 그래서 방정환한울어린이집에서는 부모 모임이 잦습니다. 내 안에 갇히지 않고 서로를 보면서 더불어 커 갈 수 있는 기회를 만들어 가기 위함입니다. 이제 '방정환텃밭책놀이터'에서 더욱 다양한 모습으로 부모들을 만나고 스스로를 발견하고 내 안에 있는 가능성들을 발견하는 일들을 해 나가고자 합니다.

방정환 선생님은 처음 어린이날을 열고 세 가지 주요한 선언을 하셨습니다. 〈어린이들을 윤리적 억압으로부터 해방하고, 경제적 억압으로부터 해방하고, 고요히 배우고 즐거이 놀기에 족한 각양의 가정 또는 사회적 시절을 행하게 하라.〉 그 선언은 방정환한울학교가 가고자 하는 방향이며 방정환한울어린이집과 방정환텃밭책놀이터가 그 실천의 장이라는 것을 방정환한울어린이집 세 돌을 맞으며 다시 한번 새겨봅니다.

방정환한울어린이집

가을 햇살,
열매로 여물다

목요일에는 사진 찍기를 하고 금요일에는 풍물놀이를 하는데,
사진 찍기에 꽤 몰입하다가도, 계곡 앞에서는 사진기도 무색해집니다

우리들은 탐험하는 바람입니다!

동학의 '모심철학'을 소파 방정환 선생님은 어린이 교육문화운동으로 펼쳐 냈고, 지금 다시 '방정환한울학교'에서 '스스로 자라고 서로 배우는 기쁜 어린이'로 되살려 내고자 배움터를 만들어 가는 중입니다. 그 두 번째가 방정환텃밭책놀이터입니다.

방정환텃밭책놀이터는 텃밭과 그림책 도서관을 결합한 형태로 텃밭을 가꿀 수 있는 밭에 비닐하우스를 설치하고 그 안에 책이 있는 쉼터가 될 수 있도록 공간을 구성하고자 합니다. 아직 내부공간을 만들어 가는 중입니다. 건강한 먹을거리를 직접 키울 수 있는 텃밭과 전 세대를 아우를 수 있는 그림책 중심의 도서관을 결합함으로서 다양한 세대가 어우러지며 서로 배우는 터전을 만들어 가고자 합니다. 즉 일과 놀이, 배움이 함께 어우러지는 곳이 될 것으로 기대합니다.

현재 방정환텃밭책놀이터에는 유아들의 '작은농부' 활동, 초등동아리 '탐험하는 바람', 가족동아리 '주말농장' 세 가지 활동을 하는 중인데, 상반기 동안 시범운영 기간입니다.

오늘은 초등동아리 '탐험하는 바람' 이야기입니다. 3월부터 초등동아리를 시작했습니다. 방정환한울어린이집 졸업생 4명과 형제 2명을 합하여 6명이 매주 목, 금요일 이틀 동안 방과 후에 모이고 있습니다. 마음놀이, 예술놀이(사진과 풍물), 산들놀이, 이야기그림으로 배움의 내용을 구성하고 있지만 그 틀에 크게 매이지 않고 아이들이 스스로 선택합니다. 두 달 동안 제일 많이 한 것은 계곡탐험입니다. 쌀쌀하던 초봄부터 아이들은 계곡을 살피기 시작했고, 길을 만들며 하루하루 변해가는 주변에서 놀 거리를 찾아내고 있습니다. 목요일에는 사진 찍기를 하고 금요일에는 풍물놀이를 하는데, 사진 찍기에 꽤 몰입하다가도, 계곡 앞에서는 사진기도 무색해집니다. 풍물놀이도 악기를 배우기보다 장단을 들으면서 뒹굴고 놀기를 더 많이 합니다.

탐바일기 / 2017. 3.17 / 용담정

오늘은 어디로 갈까? 용담정으로 가보잔다. 용담 가는 길에서 쑥쑥 올라오는 쑥에 눈도장 찍어두고, 두더지 굴도 발견한다. 주차장까지 가는 길에 미션, 놀잇감 하나씩 찾기를 한다. 앗, 산길 언덕에 딱 한 나무, 진달래꽃이 송송이 피어있다. 지나칠 수 없는 아이들, 이제 막 피기 시작한 나무한테 한 송이만 얻어먹기로 한다. 그 힘으로 주차장까지 도착. 가지고 온 놀잇감을 하나씩 내어놓는다. 별이가 들고 온 가지로 림보놀이, 아리샘이 가져간 솔방울로 축구, 야구, 호형이 들고 온 가느다란 나뭇가지로 한참을 논다. 시끌 벅적, 용담골이 아이들 소리로 가득하다. 바람이는 나무타기의 대마왕, 나무 위에 기대고 앉아 지는 해를 본다.

아차, 너무 놀았나 보다. 돌아갈 시간이 지났다. 내려오는 길에 맑은대쑥에 몽글몽글한 솜(?), 애벌레처럼 달려있는 나무 열매, 혹이 덕지덕지 붙은 나무와 딱따구리 집, 대롱대롱 매달린 고치들이 우리 마음을 앗아간다. 고치 안에는 뭐가 있을까? "죽은 거 하나만 봐요" 우리는 하나를 얻어서 껍질을 열어보지만 아무리 애를 써도 찢어지지 않는다. 교실로 가져가서 잘라보기로 하고 휴지로 잘 싸서 넣어둔다.

탐바일기 / 2017. 3. 23 / 골목길

오늘 산들놀이는 국이형집이 있는 골목길 탐방이다. 담장 아래에서 개쑥갓, 개불알꽃, 광대나물, 제비꽃, 갈퀴덩쿨, 냉이꽃, 꽃다지, 민들레꽃, 개나리…를 두루 만난다. 그 중에 한 송이씩만 채취를 한다. 조금씩 서로를 알아가기 위해서다. 골목길 끄트머리 도랑가에서 강이가 춥다고 하자 누군가 솔방울 야구를 하잔다. 그런데 정작 강이는 솔방울 야구에 별로 관심이 없다. 호형과 옥신각신 뭔가를 들여다보고 깔깔대며 놀고 있다. 둘이서 곧잘 어울린다. 공형은 별이, 바람, 보리에게 규칙을 알려주면서 솔방울 야구를 한다.

한참을 놀던 별이가 술래잡기를 하자고 하니까 놀이는 술래잡기로 바뀌고, 다시 바람이의 제안으로 '무궁화꽃이 피었습니다'를 한다. 강이, 호형도 합류하여 뒤늦게 놀이발동이 걸렸다. 호형이 춤추고 똥싸는 '무궁화꽃이 피었습니다'를 생각해 내서 점점 재미가 더해진다. 공형은 너무 빨리 잡혀서 속상해 하는 별이한테 "형아가 천천히 달릴게"라며 동생을 달랜다. 이제 그만해야 하는데~한판만 더, 더, 더…하다가 해가 꼴딱 넘어간다.

탐바일기 / 2017. 3. 24 / 솔방울산

산들놀이로 아이들이 선택한 솔방울산까지 가기로 한다. 바람이와 별이 보리가 앞장을 선다. 계곡에서 길이 없다고 걱정하는 아리샘을 뒤로 하고 아이들은 씩씩하게 나아간다. 어린이집에서 단련된 발걸음이 형들을 앞서 간다.

계곡에서 논둑을 가로지르고 제법 가파른 산길을 거침없이 헤쳐 가는 아이들이 너무도 대견하다. 솔방울산이 금세 나타났고 아이들은 익숙한 그곳으로 달려가 어느새 삽질을 하며 땅파기 본능을 드러낸다. 언젠가 아빠들과 삽질 내기도 해봐야겠다. 손으로 조물거리기 좋아하는 강이한테 칼로 나무껍질 벗기기를 제안했는데 장갑을 달라고 하더니 칼질에 아주 몰입한다.

탐바일기 / 2017. 3. 31 / 계곡탐험

어제 약속한대로 오늘은 용담정 계곡탐험이다. 올라가는 길에 앞서거니 뒤서거니 힘들다느니, 힘이 남아 돈다느니 하면서 계곡에 도착한다. 엊그제

비가 온 탓에 도랑도랑 물소리가 맑다. 물이 제법 흐르고 있어서 아이들을 흥분시킬 만하다.

눈대중을 한 아리샘은 좀 어렵다 싶은 구간들이 있어 조금 조바심을 내는데, 아이들은 미끄러지기도 하고 가시덤불에 약간 긁히기도 하고, 신발이 물에 빠지기도 하지만 그만 하자는 소리를 하지 않는다. 물고기꽃(산괴불주머니)과 파인애플꽃(현호색), 흰제비꽃을 아이들이 발견해서 이름 짓기 놀이도 한다. 암모나이트 닮은 고둥껍데기, 물속에 잠긴 돌을 보며 '악어, 물고기, 올챙이' 떠올린다. 자연미술놀이가 절로 된다. 물이 깊은 곳은 막대기로 표시를 해서 자로 재어본다. 그 깊이를 내 몸에도 표시해 보고. 빠지면 안 될 깊이라고 입을 모은다.

계곡은 적당한 물과 수풀, 그리고 위기, 새로운 발견… 참 매력적이다. 아이들을 꼭 닮았다.

텃밭을 가꾸는 반 년동안, 씨앗을 심어두고 물만 주면서
'잘 자라라' 주문을 걸었습니다.
퇴비를 넣어주며 '땅심'을 먼저 키워야 한다는 것을
새롭게 배우고 있습니다.

꼼지락 꼼지락 '작은 농부' 텃밭 가꾸기

지난 7월 15일(토) 방정환한울학교 두 번째 배움터, '방정환텃밭책놀이터'가 개관식을 했습니다. 100여 명이 참석했는데, 지역주민과 방정환한울어린이집 어린이와 부모님, 인근 지역 작은도서관 관계자들, 한울연대와 방정환한울학교 임원들과 회원들이 자리했습니다. 기념식에는 방정환한울어린이집 부모동아리인 '하늘소리'의 길놀이로 시작하여 아이들의 축하 노래, 임재택 이사장님의 모시는 말씀, 정갑선 한울연대 상임대표의 축하말씀, 방정환연구소의 축하공연이 있었습니다. 무엇보다도 개관하기까지 애써주신 분들이 많습니다. 땅을 기증해주신 정미라님, 노력봉사를 도맡아주신 현경환 이사님, 류정현 텃밭책놀이터 고문님, 임우남 방정환한울어린이집 원장님이 계셨고, 또한 멀리서 응원과 격려를 아끼지 않았던 후원자들과 물심양면으로 지원을 아끼지 않았던 은행나무어린이도서관 등 개관을 하는 데 큰 도움을 주었습니다. 다시 한번 두 손 모아 감사드립니다.

여는 식 이후 '방정환 선생님 이야기'로 워크숍을 했는데, 이주영 선생님의 어린이선언문 살펴보기와 장정희 교수님의 삶을 가꾸는 방정환 문학 이야기로 물꼬를 트고, 방정환 선생님 작품 중 '4월 그믐날 밤'을 참석자들과 돌려 읽기를 했는데, 5월 1일 어린이날, 새 세상이 열리는 그날을 기다리는 인물들의 이야기가 고스란히 전해져서 각자한테도 새날을 여는 순간을 경험하는 감동적인 시간이었습니다. 많은 분들의 관심과 응원으로 새로운 배움터를 연 만큼 방정환 선생님의 교육철학을 하나하나 실천해 나갈 수 있도록 더욱 정성을 기울여 나갈 것입니다.

'방정환텃밭책놀이터'는 개관식을 전부터 3월에서 7월까지 시범운영을 해왔는데, 오늘은 '작은 농부'이야기입니다.

키가 작지만 손이 제법 매운 작은 농부들, 방정환한울어린이집 하늘반, 은하수반, 해님반 아이들이 일주일에 한번씩 농부가 되어 찾아옵니다.

씨앗이야기

봄날, 밭에 있는 돌멩이를 주워내는 것으로 농부 일을 시작했습니다. 오래 묵은 밭이라 땅도 여물었습니다. 그곳에 아이들이 발소리를 내며 드나들었고, 땅을 일구고 씨앗과 모종을 심었습니다. 상추, 부추, 쑥갓, 감자 등을 심어놓고, 호기심 많은 해님반 아이들(4살)은 작은 씨앗에서 어떤 싹이 나올지 말이 많았습니다. "이 씨앗에서 뭐가 나올까 궁금하다 그치? 근데 너희들 안에도 씨앗이 있어. 마음씨 말이야. 그 씨앗은 어떻게 자랄까, 더 궁금해요. 씨앗을 심고 다독다독 잘 자라라고 하듯이, 너희 속에 있는 마음씨도 잘 가꿔줘야 해요~. "네~" 씩씩하게 대답하는 아이들과 가문 날에 물을 주며 "쑥쑥 자라라, 잘 자라라" 주문을 걸었습니다.

아이들은 물주기를 참 좋아합니다. 제법 무거운 물 조리개를 들고 여러 번을 오가며 물을 주기를 재미있는 놀이처럼 합니다. 마른 땅이 촉촉해 지기도 전에 옷이 먼저 젖었지만 금방금방 물을 삼켜버리는 땅에 아이들은 열심히 물을 주었습니다. 그런데 물을 주는 아이들을 보고 있자니 잡초와 채소를 구분하지 않습니다. 잡초라고 꼭 집어 일러주어도 아이들은 아랑곳하지 않고 푸른 잎사귀라면 누구에게라도 물을 줍니다. 잡초란 어른들이 구분해 둔 것일 뿐 아이들의 세계에서는 아무런 의미가 없어 보입니다. 그 덕분에 채소들과 풀들이 함께 자라고 있습니다.

완두콩이야기

완두콩이 제일 먼저 싹을 틔워 넝쿨이 제법 뻗어나갔습니다. 제 자리에 옮겨줄 때가 되었다 싶어서 아이들과 모종 옮기기를 하는데 넝쿨이 서로 얽혀 있는 것을 본 한 아이가 "넝쿨이 손잡고 있어요."하고 소리칩니다. 아하, 그렇구나. 그래 사이가 좋구나. 서로 서로 도우며 자란다, 그치! 아이들 덕분에 손을 내민 넝쿨들을 발견합니다. 여러 번 지나다녔지만 손잡고 있다는 생각을 해 본적이 없었는데 말입니다.

아이들의 손길로 완두콩은 힘써 자라났지만 너무 가물어서 키를 쑥쑥 키워 올리지는 못했습니다. 아이 종아리만큼 자라던 완두콩은 시간이 지나자 꼬투리를 만들기 시작했습니다. 작은 몸으로도 열매를 만들고 오동통 살이 오르게 하느라 애쓰고 있었습니다. 생명의 원초적 소명을 다하는 모습을 보면 경이롭기까지 합니다. 꼬투리에 알이 차서 무거워지자 키 작은 줄기는 허리가 굽어질 수밖에 없는데도 끝내 콩알을 맺었습니다. 아이들과 함께 씩씩한 완두콩한테 큰 박수를 보냅니다. "고마워, 완두콩아!"

잡초이야기

6월이 되면서 날이 더워지자 잡초가 채소들을 앞질러 자라나기 시작합니다. 조금씩 잡초 뽑기를 합니다. 하늘반(7세), 은하수반(6세) 아이들과 잡초를 뽑아줘야 농작물이 자라고 싶은 만큼 자랄 수 있다고 열심히 뽑자했습니다. 고구마 밭고랑을 한 줄 기차로 오가며 아이들이 도투라지(명아주)를 뽑습니다. 더러는 고구마 줄기도 잡초라고 뽑아내기도 하면서 말이지요. 혹시 마음속에도 뽑아버리고 싶은 잡초가 있냐고 물어봅니다. 내가 갖고 싶은 마음이 아닌데 자꾸 생겨나는 마음이 있냐고, 나는 그런 마음이 많은데, 밭에 있는 잡초처럼 쉽게 뽑혀지지 않는다고 고백을 합니다. 들었는지, 못 들었는지 알 수 없지만, 중얼중얼 거리며 아이들 뒤를 따라 잡초를 뽑습니다.

4월부터 시작한 작은 농부들 텃밭 가꾸기는 7월이 되면서 수확을 했습니다. 감자는 알사탕만한 것들이 조랑조랑 매달려 나왔고, 옥수수는 숭숭 알이 덜 찬 채로 거둬들였습니다. 옥수수 대도 먹을 수 있다고 나의 어릴 적 경험을 이야기 해주며 아이들과 껌처럼 꼭꼭 옥수수 대를 씹어봅니다. 방울토마토는 아이들이 올 때마다 따 먹을 수 있을 만큼 매달렸습니다. 기대를 안 했던 고추는 제법 튼실하게 많이 매달렸습니다. 따서 맛도 보고 냄새도 맡고 한웅큼씩 따서 엄마 아빠한테 갖다 준다고 따로 챙겨갑니다. 작은 농부들의 물주기와 잡초 뽑기, 알뜰한 응원 덕분에 긴 가뭄에도 그 만큼의 수확을 얻을 수 있었으니까요.

우리는 조금씩 텃밭 가꾸기를 배워가고 있습니다. 텃밭을 가꾸는 반 년 동안, 씨앗을 심어두고 물만 주면서 '잘 자라라' 주문을 걸었습니다. 퇴비를 넣어주며 '땅심'을 먼저 키워야 한다는 것을 새롭게 배우고 있습니다. 땅심과 더불어 작은농부님의 '마음심'도 쑥쑥 자랐으면 좋겠습니다.

남자 아이들은 곧잘 힘겨루기를 해서 우두머리를 정합니다.
그러는 가운데 으르렁대기도 하고 자잘한 시비도 일지만
아이들 스스로 조정하도록 기다립니다.

남자 아이들은 힘겨루기를 즐긴다?

앞서거니 뒤서거니 마을 뒷산으로 탐험을 떠납니다. '탐험하는 바람'(이후 탐바) 아이들도 처음 가는 길입니다. 낯선 것에 대한 호기심과 가보지 않은 길에 대한 기대가 우쭐우쭐 걸어가는 아이들 등짝으로 드러납니다. 몽글몽글 솟아나는 거침없는 저 기운이 오늘은 또 어디를 향해 내달릴까? 궁금해 하면서 아이들을 뒤따라갑니다. 새로운 곳을 찾아 나선 길이기도 하지만, 새로운 친구도 만나게 되는 날이라서, 기대하는 마음이 앞섭니다.

새로 만난 길은 약간 오르막이긴 하지만 벅차지 않게 걸어 볼 만합니다. 키 큰 나무들이 만들어 주는 그늘 덕분에 오르는 길이 적당히 시원하기도 합니다. 아이들은 연신 달려갈 태세이지만, 같이 가자고 목청 돋우고서야 처음 온 친구의 낯선 발걸음을 배려할 수 있습니다.

봉긋한 언덕 두 개가 있는 지점에서 잠시 앉아서 쉬기로 합니다. 주변에 제법 큼직한 소나무들이 구불거리는 가지를 뻗고 있습니다. 타고 오르기에 딱 좋은 나무입니다.

한 아이가 먼저 나무에 오르기 시작합니다. 양쪽으로 가지를 벌린 나무가 초등학교 1, 2학년 아이들 다리 폭만큼 됩니다. 양쪽으로 다리를 쫙 벌려서 올라가기 시작합니다. 이미 익숙한 몸짓입니다. 주저하고 있던 1학년 친구는 그보다 폭이 좁은 나무를 선택합니다. 처음 온 친구도 주저하지 않고 냉큼 나무를 탑니다. 제법 높이 올라갑니다.

그때부터입니다. 2학년 바람이가 나서서 나무를 오르기 시작합니다. 높이 올라갑니다. 나무 가지에 매달려서 나뭇가지 끝까지 두 팔을 번갈아가며 옮겨가는 재주를 가진 아이입니다. 바람이가 제일 높이 올랐습니다. 처음 온 1학년 친구 콩이도 지지 않고 다시 도전합니다. 다리가 달달달 떨려올 때까지 오릅니다. 그러나 바람이가 올라갔던 표시까지는 이르지 못하고 뛰어내립니다. 곁에서 지켜보던 멩이도 도전합니다. 바람이만큼 오르지 못합니다. 그래서 바람이가 나무 오르기에서는 제일입니다. 지켜보던 1학년 곤충박사 들이는 자기가 오를 만한 다른 나무를 찾습니다.

"선생님~ 여기요!" 소리 나는 쪽으로 우르르 몰려갔다가 "나도 올라왔어요!" 또 다른 외치는 소리에 그쪽으로 우르르…. 분주하게 아이들을 쫓아다닙니다. 아이들은 특히 남자 아이들은 서로 겨루느라 여기저기에서 소리쳐 대지만, 암만해도 바람이만큼은 오르지 못합니다. 한참 동안 나무 오르기로 신경전을 벌이더니 다시 산길을 나서는데, 이번엔 달리기 시작합니다. 앞지르고, 앞지르고 남자아이들은 겨루기에 땀을 쏟아냅니다.

본능일까요? 남자 아이들은 곧잘 힘겨루기를 해서 우두머리를 정합니다.

그러는 가운데 으르렁대기도 하고 자잘한 시비도 일지만 아이들 스스로 조정하도록 기다립니다. 이 시점에서 늘 생각들이 교차합니다. 아이들 스스로 서로의 욕구를 알아채고 인정하거나 포기하기도 하고 오늘은 물러섰다가 다음에 도전하기도 하는데, 어디쯤에서 개입을 해야 할지, 언제까지 기다려야 할지, 적당한 때와 정도를 아는 것, 아이들과 노는 어른들이 늘 고민하는 지점입니다. 아이들은 스스로 자라지만, 그 안에 담겨져 있는 무궁한 씨앗이 잘 발현될 수 있도록 돕고자 한다면, 아이들을 바라보는 어른의 눈과 귀가 먼저 열려야 하기에 부지런히 배우고 익혀야 합니다. 저마다 다른 모습들이 서로 충돌하며 다듬어지는 과정을 제대로 지켜보고 적절한 응원과 격려로 성장을 도와줄 수 있는 어른이어야 할 테니까요.

오늘은 새로운 남자 친구가 왔으니 서로 겨루면서 탐색하는 것은 관계를 맺기 위한 통과의례의 의미도 될 것입니다.

내달리던 아이들이 속도를 늦추더니 나뭇가지로 놀이감을 만듭니다. 가져간 노끈과 칼, 전지 가위, 톱 등을 꺼내놓으니 서로 뭔가를 만들고 다시 변형하느라 손이 분주합니다. 선생님을 거듭 불러대며 새로워지는 모습을 자랑하기도 합니다. 아주 만족스런 표정이 얼굴에 가득합니다. 뭔가를 새롭게 만드는 데는 별이가 제일입니다.

다시 산길을 갑니다. 오늘 가 보려고 했던 곳까지는 아직 많이 남았습니다. 지나가는 동안 눈과 마음을 이끄는 것들이 많아서 그곳까지 갈 수 있을지 모릅니다. 땅이 오목하게 패여 있는 것을 발견합니다. "여기다 아지트 만들자~" 예전에 더러 숲속에서 보았던 구덩이만큼은 아니지만 아이들 무릎 정도의 깊이로 둥근 모양을 하고 있습니다. 지난번에 이어 두 번째 아지트를 만들기로 합니다. 줄을 치고 나뭇가지로 울타리를 만들고 계단을 만듭니다.

자기 역할들을 나누고 모양새를 잡아가던 중에 다시 한번 신입생 통과의례라 보여지는 갈등 상황이 벌어지더니, 결국 2학년 별이가 눈물바람을 하고야 맙니다. 마음이 상한 별이는 저만치 서서 씩씩대며 노려보고, 신입생 콩이는 지금 상황에 아랑곳하지 않고 저 할 바를 합니다. 분위기가 '싸아'해지고 맙니다. 대략 난감한 이 상황이 얼마나 지속될지 알 수 없습니다. 다행이 별이가 자기 혼자만의 시간을 가지고 싶다고 의사 표명을 하면서 일단락이 되었습니다.

침묵의 시간은 길지 않습니다. 산길을 내려와서 공터에서 축구를 하면서부터 말다툼 따위는 잊어버린 듯합니다. 어느 새 뒤섞여 공차기를 합니다. 축구는 여럿이 해야 더 재미가 나니 다 같이 할 수밖에 없었던 걸까요? 아니면 축구를 핑계 삼아 민망한 순간을 '스윽' 지나치려 한 걸까요? 물어보지는 않았지만 그 순간이 지나가고 있다고 느껴집니다.

엎치락뒤치락 키 재기를 즐기는 남자 아이들과 달리 여자 아이들은 또 어떤 색깔을 가졌을까요?

지금은 가을걷이 중

'손대면 톡 하고 터질 것만 같은~' 저 노랫말이 바로 이 거 구나! 하고 고개를 끄덕이게 된 것이 요 며칠 전입니다. 어린이집 아이들이 방정환텃밭책놀이 터에 단체 탐방을 온다고 해서 아이들과 놀 거리를 찾던 중이었습니다. 봉숭아꽃 물들이기를 하고 싶다고 해서 봉숭아꽃을 따서 모으다가 봉글봉글 한 씨앗이 눈에 들어오기에 하나를 따서 아이들에게 보여줄 요량으로 씨앗을 살짝 눌러보았습니다. 앗! '톡'하고 터집니다. 손을 대니 톡 하고 터지는 봉숭아가 맞습니다. 그 말이 이 거였구나! 감탄을 합니다. 아이들도 그렇게 놀라울까? 얼른 알려주고 싶어집니다.

맨드라미는 몸통에 씨앗이 붙어 있어서 살살 긁어내서 모읍니다. 까만 깨알 같은 씨앗들이 나옵니다. 아주까리 씨앗을 보여주니 방정환한울어린 이집 아이들이 "무당벌레 같아요.", "노린재 닮았어요." 그동안 본 데가 있는 아이들이라 할 수 있는 말입니다.

씨앗 여섯 개를 얻어 와서 심은 목화가 다섯 그루가 자라서 목화송이를

들깨털이를 합니다. ... 톡·톡·톡 장단도 맞춰보고,
노래도 불러보고 숫자도 헤아리며 들깨 털이를 합니다.
톡, 한번 쳐두고 '차르르' 쏟아지는 소리도 귀 기울여 들어봅니다.

터뜨렸습니다. 나도 아이들도 신기하게 목화가 자라고 꽃이 피고 씨를 맺는 걸 지켜보았습니다. 씨앗은 몽글몽글한 솜뭉치가 감싸고 있습니다. 텃밭을 찾아오는 사람들마다 목화를 보여주며 많이 자랑합니다. 씨앗을 받아서 내년에는 더 심고, 또 후년에는 더 늘여서 방정환한울어린이집 아이들 이불을 해주겠다고 큰 소리도 칩니다. 제법 한 소쿠리 씨앗을 받아두었으니 내년에 아이들과 또 심을 것입니다. 목화가 50그루는 넘을 듯합니다.

방정환텃밭책놀이터에 꽃들이 피고 집니다. 가뭄이 심했던 지난 여름동안 노랗게 타 들어갔던 꽃들입니다. 그래도 가을비에 힘을 얻어서 꽃을 피우고 씨를 맺었습니다. 아이들이 봄부터 여름까지 부지런히 물을 주며 씩씩하게 자라라고 일러준 꽃들입니다. 그 사이 아이들도 자랐습니다. 3월에 비해 다리에 힘이 세져서 징검다리도 선생님을 찾지 않고 당당하게 혼자 건너는 아이들입니다. 호미를 쥐는 손도 야물어 졌습니다. 꽃씨를 거두며 내년 봄에 피워 줄 꽃을 상상하듯이 우리 아이들이 보여 줄 새봄도 기대하면서 가을걷이가 맛납니다.

들깨털이를 합니다. 때가 된 들깨를 낫으로 베어 눕힙니다. 바싹 말랐으니 두드려 깨를 털 차례입니다. 도리깨로 하면 제격이겠지만 구하기 힘들어서 고추 지지대로 대신합니다. 내년에는 마을 어르신께 부탁해서 만들어 볼 생각입니다. 톡·톡·톡 장단도 맞춰보고, 노래도 불러보고 숫자도 헤아리며 들깨 털이를 합니다. 톡, 한번 쳐두고 '차르르' 쏟아지는 소리도 귀 기울여 들어봅니다. '우와 깨가 쏟아진다' 왕년에 엄마 곁에서 깨 좀 털어본 선생님의 함성입니다.

"향기가 나요~." 7살 언니가 먼저 향긋한 들깨 향기를 알아차립니다. 털려 나온 들깨를 채에 모으는데, 할머니 댁에서 본 적이 있는 산이가 툭툭툭 채를 두드립니다. 대야에 소복이 쌓인 들깨를 만지작거리며 아이들이 놉니다.

"인제 좀 농부 같아요~." 어설프기 그지없는 농부 흉내 내고 있는 나를 두고 선생님이 한 말입니다. 추수를 하니 제법 농사를 지은 것 같은 느낌이 듭니다. 기름도 짜고 볶아서 양념도 하고 밥에도 넣어 먹고, 설기를 찔 때도 넣으면 꼭꼭 씹히는 맛이 일품이라고 아이들한테 알려줍니다.

고구마 캐기는 아이들한테 완전 인기입니다. 고구마 줄기도 같이 걷고, 호미로 다치지 않게 살살 파다가 고구마가 보이면 흥분을 감추지 못합니다. 흙 속에서 캐낸 고구마를 들고 환호성을 지릅니다. 고구마 수확을 하고 빈 밭도 아이들이 좋아하는 곳입니다. 포슬포슬한 흙이 있는 빈 밭에 호미를 들고 들어가 땅을 파기 시작합니다. 땅파기, 즉 흙놀이를 싫어하는 아이는 별로 없습니다. 워낙 집에서 깔끔하게 자란 아이들이 종종 처음 접근하는데 시간이 좀 걸리는 경우는 있지만 경험을 하고 나면 땅파기 본능을 감추지 못합니다. 지난 토요일에는 초등학생 20여 명이 엄마들과 함께 텃밭 체험을 하러 찾아왔습니다. 아이들이 가장 좋아했던 것은 당연 고구마 밭입니다. 이미 빈 땅이 되었지만 호미를 쥐어주니 아주 집중해서 땅파기를 합니다. 그러다 고구마 이삭이라도 발견하면 "고구마닷!" 환호성이 터져 나옵니다. 축구 경기에 골인을 넣고 달려가는 선수처럼 고구마를 높이 들고 뛰어갑니다. 그 뒤를 아이들이 따라 뜁니다.

아이들이 거둬들인 고구마는 텃밭책놀이터 실내공간 안에 있는 화목 난로 위에서 군고구마로 변신 합니다. 겨울 내내 아이들의 새참거리가 됩니다. 해와 비와 바람의 기운으로 다듬고 땅심으로 키워낸 고구마, 더군다나 아이들이 여름 내내 물 조리개를 들고 수없이 오가며 물을 준 고구마입니다. 아이들 몸과 마음을 살찌울 한울 기운이 오롯이 담겨있기에 겨울 내내 오글오글 모여 앉아 맛나게 먹을 참입니다.

여름 햇살 가득 품은 빨간 고추도 따고, 흩뿌려두고 제대로 보살피지 못한 메밀도 추수를 합니다. 보자기를 허리에 묶고 한쪽 귀퉁이는 목과 어깨에 걸어서 알곡을 담을 수 있도록 하고 가위를 든 7살 언니들이 똑깍똑깍 잘도 잘라냅니다. 금방 싫증을 낼 줄 알았더니 제법 한 소쿠리가 되도록 거둬옵니다. 내년에 씨앗이라도 거두면 좋겠다 했더니 그 정도는 될 듯합니다.

작은 농부님들과 씨앗을 뿌리고 가꾸고 거두는 일을 함께 했습니다. 거둬들인 농작물들과 씨앗을 보면 버릴 게 없습니다. 저마다 자기 모습으로 생겨나서 꽃을 피우고 열매를 맺습니다. 아이들도 저마다 자기 모습으로 자랍니다. 스스로 자라는 기쁜 어린이가 될 수 있도록 곁에서 거들고 살피는 일, 그 귀한 일을 하고자 합니다. 방정환 선생님이 그러셨던 것처럼!

아이들이 좋아하는 활동 중에 하나가 어른들이 쓰는 농기구를 사용하는 것입니다.
어른들처럼 노동의 목표가 있는 건 아니 어른들이 하는 행동을 따라하면서 놉니다.
그러는 동안 근육이 키워균형 감각이 생기고 실패를 통해서
자기 몸을 가누는 경험을 얻게 됩니다

몸과 생각과 기운이 고루 자라도록

방학이 끝나고 다시 만난 아이들은 훌쩍 자라 있습니다. 2주 정도 못 본 새, 낯빛에서도 한 살 더 먹은 티가 나고 몸놀림도 다부집니다. 새해란 그런 건가 봅니다. 새싹을 돋우는 봄날처럼 새날을 열어 몸과 마음을 자라게 하나 봅니다.

"모시고 안녕하세요?" 방정환텃밭책놀이터 문을 열고 들어서면서 인사를 합니다. 목소리도 한층 씩씩합니다. 우중충하던 비닐하우스 책놀이터가 환해집니다. 아이 목소리가 맑은 공기를 끌어들여 생기가 돕니다.

"우와, 고구마 냄새~." 지난 가을에 텃밭에서 거둔 고구마는 겨울 내내 아이들 새참이 되어주고 있습니다. 난롯가에 올려두고 아이들을 기다리며 고구마 익는 냄새를 맡을 때 기분이 좋습니다. 그 고구마 안에 여름 내내 송글송글 아이들 이마에 맺힌 땀방울이 몇 되, 잘 자라라고 토닥여주던 손길이 몇 날, 방해꾼인 풀들을 뽑아주던 발걸음이 몇 밤… 들어 있습니다. 올해는 흥이 절로 나는 노래도 불러주어야지, 아이들이 그린 그림도 매달아 주어야지, 더 많이 예쁘다고 말해 주어야지, 따가운 해님이 와도 세찬 바람이 불어도, 오랫동안 비가 안 와서 땅이 메말라도 끝끝내 이겨내서 씩씩하게 자랄 수 있도록 더 자주 아이들 발자국 소리를 내야지…. 야무진 새 날을 꿈꿉니다.

겨울인데도 이른 봄처럼 며칠 동안 따뜻한 날이 이어졌습니다. 비까지 와 준 덕에 흙이 말랑말랑합니다. 아니나 다를까 우리 아이들이 그냥 지나칠 리 없지요. 냉이를 발견한 원장 선생님이 호미를 가지러 간다는 말에 너도나도 호미 타령을 합니다. 오늘은 나무 조각으로 만들기를 하려고 준비해 두었는데, 아이들은 흙놀이가 더 좋답니다. '그럼 흙놀이를 해야지.' 호미를 하나씩 쥐어주니 제법 야무지게 흙을 팝니다. 호미 쥐는 손에 힘이 실렸습니다. 지난 늦가을에 심어둔 마늘이 겨울 찬바람에 싹을 내지 못하고 흙속에 웅크린 채 숨어 있더니 오늘 살짝 흙을 들쳐보니까 뿌리를 옹골지게 내리고 있습니다. 뭉클합니다. 춥고 힘든 날에는 뿌리를 내리는 시간인가 봅니다. 우리 아이들도 아프고 힘든 날을 만날 때면 겨울 마늘처럼 깊게 뿌리를 내리줄 아는 아이들이 되었으면 좋겠습니다.

호미 쥔 작은 손들이 김장하느라 캐가고 남겨진 배추 뿌리를 발견합니다. 단단하게 발을 내리고 있던 배추 뿌리는 쉬 아이에게 뽑히지 않습니다. 아이들은 용을 쓰며 뿌리에 호미를 꽂아 잡아당기기를 여러 차례, 드디어 호미 끝에 뿌리가 달려 나오고, 아이들과 선생님들의 환호성이 조용하던 겨울 숲을 흔들어 깨웁니다. 곁에 있던 아이도 "여기도 있다. 봐 봐요~." "또 있어요!" 여기저기에서 산삼 뿌리를 본 듯 환호성이 터집니다.

어린이집에 처음 오면, 흙이 더럽다고 손으로 만지지 못하는 아이들이 더러 있습니다. 신발에 흙이 묻는 게 싫어서 친구들이 재미있게 노는 진흙탕으로 달려들지 못하고 빙빙 겉도는 아이도 있습니다. 그런 아이들이 시간이 지나면 밭으로 들어가 맘껏 파헤치고 그 속에서 무수히 많은 생명체를 자연스럽게 만나게 됩니다. 새로운 벌레라도 만나는 날이면 소리를 쳐서 친구들을 불러 모으고 서로 머리를 맞대고 이야기판이 벌어집니다. 사람과 다른, 생명체들을 가깝게 만나고 친구가 되는 중입니다. 오늘도 텅 빈 것 같은 겨울 밭에서 아이들은 배추 뿌리 하나로 시끌벅적 신세계를 만납니다. 흙놀이에 빠져 있는 아이들에게 밭에 남겨둔 배추 이파리를 따서 줍니다. 꼭꼭 씹으니 "단맛이 나온다야. 맛나죠?" 고개를 끄덕이며 아이는 몇 번이고 배추를 받아먹습니다. 기특하고 신기해서 마주 보고 웃다가 배추를 먹습니다.

아이들이 돌아가고 밭은 텅 비었습니다. 다시 고요해진 겨울 밭에 그림을 그립니다. 올해는 무엇을 심을지, 어떻게 밭 모양을 만들고 언제부터 씨를 뿌릴지 생각들이 오갑니다. 경험도 없이 용감하게 밭작물을 시작한 작년에는 그야말로 좌충우돌이었습니다. 때를 놓친 탓에 감자는 메추리알만한 것만 볼 수 있었고, 묵혀둔 밭을 일구느라 팔과 다리에 무리가 갔습니다. 늦봄부터 시작된 가뭄으로 여름 내내 물을 주느라 어지간히 힘들었습니다.

농기구도 갖춰진 게 없어서 물 조리개로 퍼다 나르다 보니 손목이 남아나질 않습니다. 흔한 잎채소들도 제대로 맛보지 못했습니다. 그나마 하반기에 심은 들깨와 고구마, 배추는 제법 수확을 해서 고구마는 겨우내 군고구마로 간식을 하고 배추로는 어린이집 김장을 할 수 있는 기쁨을 누렸습니다.

자연농 2년차인 올해는 기계를 작년보다 덜 쓰고, 작물도 적당량으로 조절하고, 밭고랑도 아이들이 드나들기 편하도록 넓게 잡고, 지금부터 미리 부엽토와 말똥으로 거름을 해두려 합니다. 때를 놓치지 않는 것도 중요하니까요.

작년 한 해 동안 농사짓는 모습을 보고 훈수가 많았습니다. 묵혀둔 땅, 지렁이가 한 마리도 살지 않는 땅에 기계도 적게 쓰고, 비료도 제대로 안 하고, 비닐도 안 씌운 채로, 풀을 함께 키우고 있는 밭을 보고, 오가는 동네 어르신들이 "새댁이 농사는 그라모 안 된다~" 걱정이 많으셨습니다. 좀 더 편하게 쉽게 할 수 있는 거를 왜 힘들게 하냐고 안타까운 마음을 전하는 이웃들도 있었습니다.

그런데 방정환텃밭책놀이터는 농사의 과정을 함께 하는 게 더 우선입니다. 이미 농사는 기계화가 많이 되어서 손이 덜 가는 방법들이 있지만 4~8살 아이들이 주로 드나드는 텃밭에는 몸으로 하는 농사가 필요합니다. 아이들한테는 이 모든 것이 놀이처럼 보입니다. 뛰고, 구르고, 건너뛰고, 돌아다니고, 흙을 만지고, 물을 나르는 등 그 또래 아이들은 몸을 움직이는 것을 좋아합니다.

아이들이 일어서서 걷기 시작할 때부터 가만히 있지 않는다는 것은 아이를 키워본 사람들이라면 누구나 알 것입니다. 그래서 아이들은 어른들이 하는 행동을 따라 하기를 좋아합니다. 아이들이 자랄 때 집안일을 하겠다고 나서는 경우를 종종 봅니다. 부모가 하는 행동을 따라하는 모방 활동입니다. 이럴 때 아이들에게 그 일을 할 수 있도록 하는 게 좋다는 것은 이미 많은 사람들이 밝혀 놓았습니다. 밥을 하고 설거지를 하고 청소를 하도록 두는 게 필요하다는 말입니다. 그런데 지금은 부모가 바쁘다보니 아이들이 그런 활동을 충분히 하도록 둘 수 없는 형편이 많습니다.

텃밭활동에서도 아이들이 좋아하는 활동 중에 하나가 어른들이 쓰는 농기구를 사용하는 것입니다. 어른들처럼 노동의 목표가 있는 건 아니지만 어른들이 하는 행동을 따라하면서 놉니다. 그러는 동안 근육이 키워지고 균형 감각이 생기고 실패를 통해서 자기 몸을 가누는 경험을 얻게 됩니다.

그러니 농사를 그리 지으면 결과물이 안 나온다고 안타깝게 조언을 하는 분들이 있을지라도 올해도 아이들과 부지런히 몸을 움직이며 농작물을 가꾸고 돌볼 것입니다. 수확이 있다면 감사하게 먹을 것이고(자기들의 손길이 머문 농작물이니 아이들이 맛나게 먹음), 수확물이 적어도 그 돌보는 동안 우리가 함께한 활동이 우리 몸에 마음에 남겨져서 방정환 선생님이 강조하셨듯이 아이들의 몸과 생각과 기운을 고르게 자라게 할 것이라고 믿습니다.

방학을 마치고 와 보니 또 다른 식구가 늘었습니다. 감이 익어갈 무렵 아이들과 깎아서 곶감을 만들고 있던 것을 누군가 몽땅 먹어버렸습니다. 흔적을 찾다가 깜짝 놀랐습니다. 김치냉장고 및 나무 판 아래에 있는 틈으로 불쑥 올라온 흙더미, 거기에 곶감 꽂이가 널브러져 있었습니다. 주변을 살펴보니 팔뚝만한 굴이 두 개, 자세히 보니 먹다 남은 곶감이 있습니다. 세상에 그 녀석이 100개가 넘는 곶감과 약간의 감 말랭이를 몽땅 먹었다니! 한쪽에 수북이 쌓여 있는 똥 무더기. 배가 부르니 책이라도 읽을 셈이었나 보지! 책꽂이를 넘나들었던 발자국도 보입니다. 이 녀석들 딱 걸렸다. 어디 두고 보라지!(씩씩~)

흙 바지를 사랑하는 기쁜 우리

이것저것 다 접어 두고 한바탕 흙구덩이를 파며, 물을 길어 넣으며, 지치도록 놀면 좋겠습니다.

언젠가 바지에 흙이 묻었다고 우는 아이가 있었습니다. 엄마가 흙 묻히면 안 된다고 했다면서…. 사소한 일조차도 제 맘대로 할 수 없는 세상을 살고 있는 아이들에게 어떻게 흙 바가지를 들고 맘껏 놀아라, 할 수 있을까요?

비좁은 생각 속에다 무궁한 아이들을 꽁꽁 가두어 두고 부모들은 날이 어둡도록 열심히 또 열심히 일을 하고 돈을 법니다. 어른들은 아이들을 살리고 지탱하는 것이 하늘이고, 땅이고, 바람이 주는 감동인 것을 잊어버린 걸까요?

하늘아이, 땅아이, 바람아이, 물아이, 이슬아이, 풀아이….

스스로 얼음을 깨고 봄이 되는 어린 생명이시어, 흙 바가지 물바가지 메고서 둥개둥개~ 한바탕 신명나게 놀진저!

(2016 방정환이야기마당1 '모시는 글'에서 부분 발췌)

아이들은 발을 구르며 물과 흙을 더 찰지게 만들어 놓더니
진흙탕에 아예 철퍼덕 주저앉습니다. 한 아이는 배를 깔고 엎드려
발을 구르며 흙탕물을 튀겼습니다. 같이 들어간 오빠와 동생도
주변에 있던 물통에 진흙을 담기도 하면서 흙 놀이 세계 속으로
쏘옥 빠져들고 있었습니다

다시 읽어보니 방정환한울학교를 시작하려고 했던 마음이 고스란히 담겨 있습니다. 첫 마음을 되새겨 봅니다.

토요일마다 방정환텃밭책놀이터를 찾아오는 '들꽃팀' 아이들이 있습니다. 가족단위로 구성이 되어 있는데 아빠들의 참여도가 높습니다. 얼마 전 날씨가 무덥던 날, 텃밭에 물을 주고 아이들은 곧잘 개울로 몰려갔습니다. 개울에는 볼거리, 놀 거리가 아주 많습니다. 다슬기, 작은 물고기들, 개구리, 도롱뇽 알, 알을 품은 가재 등은 아이들과 어른들을 흥분하게 만드는 것들입니다.

그날도 아이들은 개울로 내려가 물속에 발을 담그고 첨벙대며, 옷을 다 적시고 놀다가 개울가에서 산딸기와 오디도 따먹으며 기분 좋게 놀았습니다. 그러다 다시 텃밭으로 나온 아이들, 아직 물놀이의 흥이 다 가시기 전입니다. 흙집(방정환한울어린이집 아이들의 흙집 짓기 특별활동)을 짓고 있는 바닥에 물을 살짝 부어 주었습니다. 그 바닥은 진흙이 깔려 있어서 질퍽거리며 진흙탕 놀이를 하기에 딱 좋은 곳입니다. 아니나 다를까 아이들은 발을 구르며 물과 흙을 더 찰지게 만들어 놓더니 진흙탕에 아예 철퍼덕 주저앉습니다. 한 아이는 배를 깔고 엎드려 발을 구르며 흙탕물을 튀겼습니다. 같이 들어간 오빠와 동생도 주변에 있던 물통에 진흙을 담기도 하면서 흙 놀이 세계 속으로 쏘옥 빠져들고 있었습니다. 지켜보던 나는 그 모습이 너무 감동스러워 환호성을 질렀습니다.

"와~ 애들아 흙 바지가 너무 멋져요." 놀 줄 아는 아이들을 보며 흥분해서 소리 질러대는 나와는 달리 부모는 또 어떨까 싶어서 슬쩍 부모들을 살펴보았습니다. 헌데 엄마가 한 술 더 뜹니다.

"애들아 진흙을 얼굴에 바르면 진흙 팩이 돼~, 피부도 고와져~히히." 아이들은 얼굴에 인디언처럼 진흙으로 그림을 그립니다.

"진흙 맛은 어때? 무슨 맛이야?" 막내 동생은 손에 잔뜩 묻은 흙을 입으로 가져가서 맛을 봅니다. 어느 새 엄마들도 신발을 벗고 진흙탕에 합류해서 발가락 사이로 미끄러지는 흙의 보드라운 느낌을 즐기고 있습니다. 그날 진흙탕 속에서 우리는 '기쁜 우리'가 되었습니다. 방정환 선생님이 말씀하신 기쁜 어린이로 자라게 해야 한다는 말씀대로, 어린이뿐 아니라 어른들도 함께 기쁜 우리가 되어 뒤엉켜 놀았습니다. 뭉클한 순간입니다. 이 기쁜 순간이 사는 동안 문득문득 떠올라서 기쁜 마음이 되살아난다면 좋겠지요.

물과 바람, 흙 등 자연환경에 낯선 아이들과 부모들이 처음부터 씩씩하게 접근하지는 못합니다. 다칠까봐 걱정이 앞서고 더럽다는 생각에 주저합니다. 올해 학기 초에 도롱뇽 알이 보이던 논에 맨발로 들어가 보자고 했더니 아빠도 선뜻 들어가지 못하고 주저하고, 아이도 다리를 들고서 논바닥에 발을 내려놓지 못했습니다. 그 아이가 이제 놀 줄 아는 언니를 따라 흉내를 내기 시작했습니다. 옷이 젖는 게 싫어서 개울물을 첨벙거리지도 못하던 아이가 손으로 물을 튀기며 먼저 물싸움을 거는 아이로 변했습니다. '나는 물에 젖는 게 싫어!'라고 당차게 거부하던 아이도 결국 물놀이에 흠뻑 빠져 들어서 옷을 다 적시며 놀고 있습니다.

작년 이맘때도 비슷한 일이 있었습니다. 방과 후 동아리 활동을 하던 '탐험하는 바람' 아이들이 비가 추적추적 내리던 날, 흙 마당으로 나가더니 그곳에 고인 물웅덩이에 털썩 주저앉아 수건돌리기처럼 신발 돌리기 놀이를 하며 깔깔대고 있었습니다. 가끔 그 기억이 물기 빠진 마음을 촉촉이 적셔 주는 단비가 되기도 합니다.

흙 바가지 물바가지를 들고 맘껏 놀 수 있는 아이들로, 그것을 넉넉히 마련해 줄 수 있는 어른들로 서로 배우기를 소망하며 시작한 일이었습니다.

그러나 교육운동은 보란 듯이 흔적을 남기고 가시적인 성과를 보여주는 것이 참 어렵습니다. 긴 시간을 두고 지켜봐야 하는 일이기 때문입니다. 방정환 선생님의 그 많은 활동이 당시에는 잔물결에 불과했을 테고 스스로도 잔물결이고자 했기에 별칭도 그렇게 지었듯이 말입니다. 그러나 100년의 시간을 지나는 동안 다시 후학들에 의해 저마다의 모습으로 되살아나고 있는 것처럼 우리가 하는 작은 실천이 또 다른 실천을 일으키는 잔물결이 된다면 해볼 만한 일이라고 다져보며 거저 뚜벅뚜벅 걸어가 봅니다.

그러나 그 속에서도 수많은 파도들이 밀려오는 날들을 만나야 하기에 '기쁜 우리'의 기억들을 저장해 두어야 합니다.

"난 옷 젖는 거 싫어!"

당당하게 맞서는 아이들을 기꺼이 만날 용기를 내야겠습니다.

괴물 책을 읽고 눈에 보이는 텃밭 괴물과 마음속 괴물을 물리치고,
맑고 밝은 마음이 된 우리는 괴물을 물리쳤다는 만족감에
의기양양해서당당한 발걸음으로 돌아왔습니다.

함께 책 읽기 속으로 '퐁당!'

아이들은 본능적으로 이야기를 좋아합니다. 나이가 어리면 어릴수록 이야기 속으로 빠져드는데, 두 눈에 호기심이 조랑조랑 달려 있습니다. 방정환 텃밭책놀이터에 오는 아이들에게 가끔 책을 읽어 줍니다. 비가 오는 날에는 '비가 오는 날에' '비 오는 날의 소풍' 등등. 비와 관련된 책을 읽어주고, 색깔이 한참 멋 들어갈 때는 색깔과 관련된 책을 읽어줍니다. 초롱초롱 책속 그림을 읽어내고 있는 아이들을 볼 때면 기분이 좋아서, 한마디 거들면서 우리는 서로의 기운을 주고받으며 함께 책을 읽습니다.

자칫 책 읽어 주기가 일방적일 것 같지만, 굉장히 쌍방의 상호 교감을 동반하는 활동입니다.

그러므로 책을 읽어 주는 이는 듣는 이로부터 영향을 받고, 듣고 보는 이는 읽어 주는 이로부터 행간에서 일어나는 미세한 흐름을 전달받습니다. 특히나 그림책일 경우는 그림이 주는 다양한 해석이 동반되므로 서로의 눈을 통해 발견되는 새로운 세계를 공유하게 됩니다. 함께하는 동안 공감의 시간을 통해 영혼의 친구로 바짝 다가가게 되는 것입니다.

지난주는 계속 비가 내리면서 아이들과 책놀이 활동을 했습니다. 주제는 '괴물'로 잡았습니다. 평소에도 괴물은 아이들에게 흥미를 주는 주제인데, 비가 오는 날에는 안성맞춤입니다. 책 속의 괴물은 우리 마음속의 그림자를 표현하는 경우가 많습니다. 이성으로 가려져 있거나 도덕적인 면 때문에 눌러 놓은 인간 심리를 괴물로 등장시키는 경우가 종종 있는데, 아이들을 대상으로 하는 책에서도 비슷한 경향이 있습니다. 위축되거나 상처받은 감정을 그려내기도 하고 관계로 인하여 드러내놓고 표현하지 못하는 것을 괴물로 비유해서 이야기가 전개되기도 합니다.

아이들은 괴물과 귀신을 구분하지 않고 표현하는 경향이 있는데 곧잘 귀신 이야기를 들려달라고 합니다. 추측하건대, 마음속 그림자를 해소하고 싶은 욕구가 아닐까 생각해 봅니다. 이번에 함께 읽은 그림책은 『우리집에 괴물이 우글우글』(보림), 『괴물들이 사는 나라』(시공주니어), 『해치와 괴물 4형제』(길벗어린이), 『괴물이 되고 싶어』(스푼북), 『정말 정말 한심한 괴물 레오나르도』(웅진주니어)였는데, 이 중에 두 권 정도를 읽어 주고 나이에 따라 다른 활동을 했습니다.

4세반 아이들과는 내가 변신하고 싶은 괴물을 종이 서류 봉투에 그려서 머리에 쓰고 괴물소동을 벌였습니다. 악어 괴물, 돌고래 괴물, 상어 괴물, 도깨비, 아기 괴물, 사자 괴물, 아빠 괴물, 애벌레 괴물…이 된 아이들은 보자기 하나를 보태주니, 마치 진짜 괴물이 된 것처럼 놀이 속으로 빠져 들었습니다.

관찰하기를 즐기고 제법 그림도 세밀해진 5세반 아이들은 텃밭에 사는 괴물들을 그려보는 작업을 했습니다. 활동성이 강한 6, 7세 아이들과는 텃밭 괴물을 찾아서 탐험을 나섰습니다. 우선 고추밭에 살고 있는 벌레 괴물을 찾아보고, 괴물을 물리치기 위해 빨간 토마토를 따 먹습니다. 용기를 주는 힘이 토마토에 들어 있다고 했더니 토마토를 싫어하는 아이도 친구들을 따라서 토마토를 먹습니다. 개울을 따라 가면서 이야기가 이어집니다. 오디나무 이파리가 아주 구멍이 숭숭 나 있는 것을 보고 "얘들아 여기 봐, 괴물이 지나간 흔적이야!" 아이들이 몰려와서 그물처럼 생긴 나뭇잎을 들여다봅니다. 우리가 지나가는 길을 따라 숭숭한 구멍이 있는 나뭇잎은 심심치 않게 있었고 우리는 계속 괴물의 흔적을 따라갔습니다. 한참 동안 평소에 산책하던 길을 따라갔더니 산딸기가 딱 두 개 붙어 있습니다. 역시나 괴물을 물리치는 특효약이라 했더니 아이들이 모두 나눠먹자고 합니다. 쪼개고 쪼개서 나눠먹고는 어떤 괴물도 물리칠 수 있을 듯 당당하고 씩씩하게 길을 나섭니다. 산길로 접어드는 언덕으로 통하는 좁은 오르막을 올라서 눈이 탁 트이는 언덕 위에 섰습니다. 진분홍색의 패랭이꽃이 몇 송이 피어 있으니 그 꽃의 향기로 또 다시 기운을 얻기로 하고 우리는 코를 킁킁거리며 꽃향기를 빨아들였습니다. 그리고 언덕 위에서 보이는 건너편 산을 향해 섰습니다. 비가 온 뒤라 산은 산뜻하고 하늘은 맑았습니다.

"괴물을 물리치려면 우선 우리 마음속 괴물을 끄집어내야 해요. 자 지금부터 맑은 공기를 쑥 빨아들인 뒤 아~하고 크게 뱉어내기로 해요. 아~~~"

아이들보다 내가 더 필요했습니다. 영혼의 목간통이라고 생각하는 숲에서 깊숙이 호흡을 하며 큰 소리를 질러 진드기처럼 달라붙어 있는 못난 마음을 닦아내고 싶었습니다.

아이들도 열심히 심호흡을 했습니다. 누구보다도 열심히 따라한 것은 아이들의 담임 선생님이었습니다. 그날 퇴근을 하던 선생님으로부터 문자가 왔습니다. '오늘 괴물놀이 너무 재미있었어요. 전 아직 유아기를 못 벗어났나 봐요. 정말로 마음이 시원해졌어요~ㅎ.'

아이들과 나는 용기백배하여 다시 산길을 걸었습니다. 한 친구가 크게 소리를 쳤습니다.

"저기 괴물이 보인다. 하얗고 커다란 거!"

우리는 모두 그쪽을 바라보았고, 아무도 무서워하지 않고 괴물을 만나러 힘차게 나아갔습니다. 도착한 곳은 절이었고 하얀 건 불상이었습니다. 그런데 불상은 괴물의 얼굴이 아니라 너무나 환하고 따뜻한 미소를 짓고 있었기에 우리는 그 비밀을 알아차렸습니다. 괴물은 용기 있는 우리가 무서워서 어느새 도망가 버리고 멋진 부처님만 남아 있다는 것을. 우리는 모두 기쁜 마음으로 두 손을 모아서 인사를 했습니다. 그리고 돌아 나오는데 한쪽으로 나 있는 좁은 숲길이 보였습니다. 아마도 괴물은 저 길로 도망갔을 거라고 입을 모았습니다. 다음에 다시 그 길을 탐색해 보자고 하고 우리는 발걸음도 가볍게 돌아왔습니다.

괴물 책을 읽고 눈에 보이는 텃밭 괴물과 마음속 괴물을 물리치고, 맑고 밝은 마음이 된 우리는 괴물을 물리쳤다는 만족감에 의기양양해서 당당한 발걸음으로 돌아왔습니다.

어떤 날은 아이들이랑 책을 세워서 도미노 놀이도 합니다. 높이 쌓기도 하고, 집을 만들기도 합니다. 책놀이터 한쪽 켠에 좀 낡았거나 오래된 책을 쌓아 두고 놀이를 할 수 있도록 해 두었습니다. 책과 우선 친해지라고 말이 지요.

여름 방학 특강으로 책놀이 시간도 마련했습니다. 종이 위에 그려진 모양 하나로도 아이들 이야기는 끝없이 이어집니다. 혼자서, 둘이서, 또 여럿이 만들어 내는 이야기는 상상의 세계 속으로 쏘옥 빨려 들어가게 합니다.

방정환 선생님은 내가 나답게, 나의 주인으로 사는 방법을 책을 읽고 토론하고 생각을 키워 가는 것으로, 소년회 활동의 중심에 두었습니다. 그 방법은 지금도 유의미하다고 생각합니다. 만일 방정환 선생님이 지금 아이들을 만난다면 어떤 이야기를 들려주고 싶을까 궁금해지는 날입니다.

비 오는 날에도 축구 한 판!

옷 젖는 줄 모를 만큼 비가 살살 옵니다. 지난번 만났을 때 탐바(탐험하는 바람) 아이들이 용담정에 가자고 했는데, 그 이유는 축구를 하고 싶어서입니다. 용담정 주차장은 넓고 차가 많지 않아서 축구하기에 좋습니다. 다만 시멘트 바닥이라 가끔은 몸에 상처가 나는 게 아쉽긴 하지만 그래도 이만한 넓은 장소를 찾기가 쉽지 않습니다. 더군다나 바로 근처에 숲도 있고 계곡도 있으니 다른 놀이로 옮겨가기에도 좋습니다. 예전에 근처의 고등학교 운동장으로 축구를 하러 갔더니 잔디 죽는다고 하지 말라고 합니다. 별이가 치사하다고 툴툴대며 좁은 테니스장에서 아쉬운 축구를 한 적이 있습니다. 이번 학기는 내내 공터만 있으면 축구를 합니다. 월드컵 영향도 있을 테고 2학년인 별이, 바람이가 매주 축구교실에 다니면서 동생들 앞에서 제법 폼나게 축구를 하기 때문이기도 합니다. 바람이를 좋아하는 멩이가 형이랑 축구를 하고 싶어 하고, 새로 합류한 콩이도 멩이 따라서 형들이랑 축구하기를 좋아해서 분위기가 내내 축구하는 쪽으로 흐릅니다. 내 맘으로는 다

아이들 목소리는 빗속으로 울려 퍼지고
비보다 더 많은 땀을 흘리면서 놉니다.

른 놀이도 좀 했으면 하는데, 도무지 그 세찬 요구에 언제나 밀리고 맙니다. 축구 한 판을 하고서야 계곡 탐험도 하고 텃밭에 풀도 뽑고 흙벽도 오르고 다른 놀 거리에 관심을 보입니다.

오늘도 축구를 할 테지, 근데 비가 굵어졌다 잦아졌다 하니 어쩔라나? 생각하면서 주차장에 도착했습니다. 먼저 와 있던 콩이와 멩이가 내 차를 보고 달려옵니다. "선생님, 축구공 갖고 왔어요?" 그럴 줄 알았다. 요녀석들아. 공이 트렁크에 있다고 했더니 나는 뒷전이고 축구공이랑 먼저 인사를 합니다. 축구공을 꺼내서 내달리기 시작하자 비가 좀 더 굵어집니다. 두 아이를 데려 온 콩이 엄마가 간다고 소리를 질러도 본체만체 입니다. 둘이서 낄낄대며 공을 차고 있으니 잠시 뒤에 바람이와 별이도 왔습니다. 오늘은 6학년 큰형도 같이 왔네요. 학원가는 길이라 같이 차를 타고 왔다고 합니다. 동생들이 내려서 먼저 와서 놀고 있는 친구들한테로 달려갑니다. 큰형도 아이들이 모여 있는 데로 갑니다. 역시 나는 뒷전입니다. 속으로 '같이 인사도 하고 시작한다고 선언도 하고 놀면 좋을텐데' 하다가 그냥 내버려두기로 합니다. 흐름을 깰 것 같아 그냥 있기로 합니다. 들이 엄마도 형을 데리고 피아노학원에 데려다 주어야 하는데 형은 갈 생각도 않고 옷을 다 적시며 놀고 있다고 투덜댑니다. 여벌옷이 있냐니까 없다고 하면서도 그냥 두자고 합니다. 우리는 우산을 쓰고 변두리에 서서 아이들을 보고 있습니다.

아이들 목소리는 빗속으로 울려 퍼지고 비보다 더 많은 땀을 흘리면서 놉니다. 다 모였으니 골대를 정하고 키퍼도 정하고 팀도 나눕니다. 축구를 할 때는 선생인 내 역할이 별로 없습니다. 자기들이 팀을 나눌 때 숫자가 맞지 않으면 같이 하자고 요청을 할 때가 있습니다. '본 듯 만 듯 할 때는 어쩌고 지들 필요할 때만 같이 놀자고 하냐' 싶어서 처음엔 싫다고 합니다. "아, 선생님도 해요~"좀 애걸을 한다 싶을 때 못이기는 척 같이 합니다. 나도 축구를 좋아해서 같이 할 때는 안 봐줍니다. 아이들보다 내가 더 빨리 지치지만 아직은 키도 조금 더 크고 힘도 세니까 밀리지 않고 뜁니다. 그런데 올해는 아이들이 좀 늘어나면서 나를 부르지 않으니 오늘처럼 지켜보면서 사진만 열심히 찍게 됩니다. 어쩌다 아이들 표정과 몸짓을 제대로 포착한 장면을 잡으면 기분이 아주 좋습니다.

40분쯤 지났을 때 엄마는 큰 아들을 부릅니다. 가야한다고. 이때다. 이제 그만하고 계곡으로 가보자고 제안을 합니다. "싫어요!" 아주 딱 잘라 거절을 합니다. 웃옷까지 벗어 놓으며 열나게 뜁니다. '뭐 좀 선생이 끼어 들 게 있어야 하는 거 아냐, 지들 하고 싶은 것만 하고, 나는 오늘 계곡을 가고 싶었는데… 치사하다.'고 혼자 궁시렁 거리고 맙니다. 1시간이 지날 무렵, 세찬 기운이 좀 잦아들었을 때 슬쩍 끼어들며 간식 좀 먹자고 합니다. 놀만큼 놀았는지 방울토마토 딸기쥬스 갖고 온 걸 꺼내놓으니 졸졸히 따라와서 토마토를 잡아채며 먹어치웁니다. 이크~ 오늘 새참이 떡이었으면 더 좋았을 걸, 배가 고프겠다 싶어서 나중에 내려가다가 가게에서 부침개 사주겠다고 미안한 마음을 얼버무렸습니다. "지금 갔다 오면 안 돼요?" 멩이가 배가 많이 고픈가봅니다. 안 된다고. 갔다 왔다 하면 시간 다 간다고. 니들만 놔두고

갈 수 없다고 거절합니다. 어디로 튈지 모르는 아이들이라 하는 게 없어도 눈을 땔 수는 없습니다.

아쉬운 대로 허기를 달래고 나니 계곡으로 내려갑니다. 가는 길에 어린이집을 다닐 때 여기 왔던 기억을 멩이가 끄집어냅니다. "나리샘한테 여기서 혼났잖아, 기억나지?" 들이가 맞장구를 칩니다. 뒤를 따라가고 있던 나에게까지 잘 들리지는 않았지만 지들끼리 뭐라고 낄낄거리며 한참동안 이야기를 합니다. '녀석들, 그렇게 기억하고 있구나. 이곳을 생각하면 재미나게 놀았던 기억이 살아나겠지. 그 기억이 생기를 돋우고 기쁜 마음을 불러낼 거야.' 마음이 뿌듯해집니다. 교육은 눈에 보이는 결과를 금방 드러내기가 어렵습니다. 그래서 가끔 마음이 흔들릴 때도 있지요. 잘 하고 있는지 자신이 없어지기도 합니다. 아이들 앞에서야 큰소리치지만, 속에서는 파도가 일렁입니다.

아이들 키 정도의 높이가 되는 계곡 턱에 이르렀습니다. "어떻게 내려가지?"했더니 의견이 분분합니다. 나도 한마디 끼어 들어서 좀 편하게 내려갈 수 있게 보이는 쪽을 가리키며 저리로 가자고 했는데, 아이들은 나의 의견을 싹 무시하고 2학년 형을 따라 가파른 언덕을 올라갔다가 다시 내려서 가는 길을 선택합니다. 비가 와서 미끄러운 비탈을 기다란 막대기로 건네주면서 서로 돕는 모습을 봅니다. 내가 제안한 길로 내려가서 아이들보다 먼저 도착해서 기다리고 있으니까, 어렵게 돌아서 온 들이가 "어떻게 왔어요?" 둥그레진 눈으로 묻습니다. 별거 아니란 듯 손가락으로 아까 내가 가자고 한 길을 가리켰습니다.

　제법 깊어 보이는 물웅덩이가 나왔습니다. 아이 하나 지나갈만한 좁은 바위틈으로 높이를 두고 물이 흘러내려서 만들어진 웅덩이는 아이들 칠팔 명은 들어가서 놀만큼 제법 큽니다. 아이들이 보기에도 깊어보였는지 무턱대고 달려들지는 않고 기다란 나뭇가지로 물의 깊이를 가늠합니다. 배꼽만큼은 오겠다 싶으니 쉬 들어가지 않고 니미락내미락 하면서 서로 부추깁니다. 콩이가 에라 하면서 뛰어들고 멩이가 이끼가 낀 바위를 미끄럼 타듯이 내려오며 풍덩 뛰어들고 순식간에 모두 물속으로 들어갑니다. 인제 기다려야 합니다. 놀만큼 놀아야 지나갈 거니까요.

　두 시간이 훌쩍 지나갑니다. 돌아갈 시간이라고 알려주자 오늘은 아무도 반기를 들지 않고 순순히 내려가던 길을 멈추고 위로 올라갑니다. 축구에 물놀이에 실컷 놀았는지 가자고가자고 입씨름을 하지 않아도 되니 훨씬 수월합니다. 아까 말한 부침개 먹으러 가자고 하자 아이들은 물에 푹 젖어서 무거워진 발걸음이 다시 가벼워져서 용담정 길을 성큼성큼 내려갑니다. 앗, 그런데 문이 닫혔네요. 마침 아이들을 데리러 온 아빠 차가 우리를 보고 멈췄습니다. 서둘러 마무리를 하고 아이들을 태워 보냅니다. 아이들과 올 때는 금방 내려온 길인데 혼자서 되돌아가는 길은 멀게 느껴집니다.

과정을 체험하는 배움, 텃밭농사!

농사를 지어서 추수하는 일은 어른, 아이 할 것 없이 즐거운 일입니다. 그래서 대부분 농사체험을 한다하면 추수하는 일을 체험하지요. 교육기관에서도 주로 농작물을 추수할 때 아이들을 데리고 현장으로 갑니다.

그런데 열매를 얻기까지는 거친 땅을 고르고, 알맞은 날을 골라 씨를 뿌리고, 적당하게 물을 주고, 햇살과 바람도 필요합니다. 벌레도 잡아주고 풀도 뽑아주어야 합니다, 무엇보다 중요한 일은 기다리는 일입니다. 그렇게 하고도 하늘이 돕지 않으면 농사는 헛일입니다. 태풍이 몰아쳐서 곡식을 엎어버리기도 하고, 가물어서 제대로 자랄 수 없거나 껍질이 질겨서 먹을 수 없게 만들기도 합니다. 그러니 자연에 순응할 수밖에 없습니다.

헌데 그것이 다가 아닙니다. 거두고 난 뒤에도 할 일이 많이 남아있습니다. 열매를 딴 몸뚱이를 뽑아야 하고, 지지대를 거두고, 묶어준 줄도 걷어내야 합니다. 다음에 사용할 수 있는 것은 따로 보관도 해야 하고, 다시 씨를 뿌리기 위해 흙을 고르고 거름을 주어야 합니다. 씨앗에서 열매가 되기까

방정환텃밭책놀이러는 수확을 목표로 농사활동을 하는 게
아니라 가꾸는 과정, 즉 서로 돕고, 교감하고, 기다리고,
정성을 다하는 것들을 지향점으로 삼고 있기에
여전히 손이 많이 필요합니다.
그 과정에서 서로 돕는 활동이 저절로 일어나게 됩니다.

지는 이런 과정을 모두 거쳐야 합니다.

농사활동은 지속적이고 계획적인 과정을 필요로 합니다. 일회성으로 치러지는 추수행사에서는 경험할 수 없는 노동과 기다림 그리고 하늘의 감응을 체험하는 과정을 겪어낼 수 있는 시간이 필요합니다. 과정을 체험할 수 있는 배움으로서 농사는 참 좋은 활동입니다.

올해는 여름이 일찍 시작되기도 했고, 햇살이 무척 따가웠습니다. 사람뿐 아니라 생명을 가진 모든 존재들은 올해 여름이 무척 힘들었습니다. 농작물도 다르지 않겠지요. 목이 마른 시간이 길어지면서, 충분히 잎을 내지 못하거나 키를 키우지 못하고 빨리 열매를 맺거나 잎이 누렇게 뜨게 되기도 합니다.

어린이집 아이들은 주로 오전에 텃밭책놀이터를 찾아옵니다. 해가 뜨기 전에 물을 주고 돌보면 좋을 테지만 아이들이 오는 시간은 이미 해가 하늘 한가운데에 가까워져 있는 시간입니다. 그러니 아이들 이마에 송글송글 땀이 맺히고 목이 마릅니다. 지지대를 타고 오르며 겨우 버티고 있는 수세미한테로 가서 물을 주던 아이가 말합니다.

"목 마르지?" 네 살 아이는 수세미한테만 물을 주는 건 아닙니다. 곁에 있는 풀에게도 물을 주고 살갗을 드러낸 마른 땅에도 물을 줍니다. 아이한테는 그 모든 것이 목이 마른 것들일 테니까요. 아이를 보면서 기쁜 마음이 듭니다. 땀이 삐질삐질 솟아난 자기와 겨우 줄기를 올리고 있는 수세미, 그리고 마른 땅과 풀들이 그 아이한테는 모두 같은 생명으로 다가와 있다고 느껴지는 건 너무 과장된 해석일까요?

　지난 초여름의 일입니다. 초등 방과 후 활동을 하는 탐바(탐험하는 바람) 아이들이 고구마 밭고랑에 풀을 베어다 덮어주는 작업을 했습니다. 아이들이 유난히 달리는 모습을 발견한 선생님이 왜 그렇게 뛰어다니느냐고 했더니 "우리 내기하기로 했어요." 아이들이 목청 돋워서 대답을 합니다. 2학년 형 한 명과 1학년 동생 세 명으로 편을 나누었습니다. 미처 왜 그렇게 나누었는지 물어보지는 못했습니다. 형은 혼자서 선생님이 베어주는 풀을 소쿠리에 담아서 달려가 밭고랑에 풀을 덮고, 동생들은 서로 역할분담을 해서 릴레이로 일을 합니다. 한 아이가 풀을 소쿠리에 담아서 뛰어오면 중간에서 소쿠리를 받아 밭고랑까지 뛰어가는 아이가 한 명 있고, 나머지 한 명은 고랑에 풀을 덮는 역할을 합니다. 아무리 형이 다리도 길고, 달리기도 잘해서 날쌔더라도 세 명을 당할 수는 없지요. 어느 순간 형이 맡은 고랑이 뒤처지는 걸 발견한 동생들은 형의 고랑을 덮어줍니다. 어느 정도 시간이 지나서 선생님이 작업 종료를 알리고 보니 두 고랑은 똑같은 길이만큼 풀이 덮여있습니다.

　"누가 더 많이 했어요?"선생님이 묻자,

　"우리 똑같아요. 아까 형 고랑이 쪼금이라서 우리가 갖다 줬어요. 히히."

　앞니가 빠진 1학년 동생은 자랑삼아 자기들이 한 일을 이야기합니다. 자기가 생각해도 자랑할 만한 일인가 봅니다. 예전에 인디언 아이들에게 시험문제를 주고 풀게 했더니 서로 모여서 답을 의논해서 써 넣더라는 이야기는 들어봤지만 그 현장을 바로 눈앞에서 보다니 감동이 밀려옵니다.

방정환텃밭책놀이터는 수확을 목표로 농사활동을 하는 게 아니라 가꾸는 과정, 즉 서로 돕고, 교감하고, 기다리고, 정성을 다하는 것들을 지향점으로 삼고 있기에 여전히 손이 많이 필요합니다. 그 과정에서 서로 돕는 활동이 저절로 일어나게 됩니다.

씨를 뿌릴 때는 뿌리는 손과 흙을 덮는 손이 필요하고, 지지대를 세우려고 해도 잡아주고 줄을 당겨주는 손이 필요합니다. 고구마를 거둘 때도 고구마 줄기를 걷어주는 손, 흙을 파는 손, 고구마를 한 쪽으로 몰아서 말려주는 손, 웬만큼 말려진 고구마를 상자에 담는 손. 그 손들이 서로 도울 때 끝이 없을 것 같은 농사일이 어느새 끝이 나고 덜 힘들게 된다는 것을 스스로 알게 됩니다. 열 마디 말보다 직접 해보면서 서로 배우는 기회를 만들어 가는 것이지요.

방정환 선생님 교육철학의 맥락을 이어 이 땅에서 참교육을 실현하고자 교육운동을 하셨던 이오덕 선생님은 늘 일하는 아이들을 강조했고, '일하는 아이들'이라는 어린이 시집도 내었습니다. 이오덕 선생님은 초등학교 교사로 오랫동안 아이들과 함께 했는데, 어른들이 해결해야 하는 일을 단순히 아이들 손을 빌려서 해치우지 말라고 하셨습니다. 교실 청소를 하더라도 그 과정에서 배움이 일어나도록 어떻게 할지를 생각해야 한다고 했습니다. 방정환텃밭책놀이터에서도 이오덕 선생님의 그 말씀을 되짚어가면서 일하는 과정이 배움으로 연결되는 배움터를 만들어 가고자 노력하고 있습니다.

오늘도 아이들은 배추 밭에서 벌레를 잡습니다. 그 벌레는 밭 가장자리 풀숲으로 옮겨놓고 "벌레야 배추밭에는 오지 말고 여기서 살아라."라고 말해줍니다. 배추 밭에서는 노래를 부릅니다. 배추와 무가 벌레에게 지지 않고 씩씩하게 잘 자라라고 아이들의 맑은 기운으로 채소들을 응원합니다.

내 마음은 기쁘다/ 네 마음도 기쁘니?/ 별맘 달맘 하늘마음/ 까르르 깔깔 기쁜 우리들(제목 : 기쁜 마음/ '이쁘지 않은 꽃은 없다' 동요 개사)

텃밭은 좋아요 쑥쑥 자라요/ 흙에 묻은 씨앗들은 새싹이 되고/ 우리 발소리 노래 소리 열매가 되고/ 다함께 사랑의 마음이 자라요(제목 : 텃밭은 좋아요/ '햇볕' 동요 개사)

말꽃으로 피어나는 아이들

#1

"친구끼리 손잡고 있는 거예요."

오월 어느 날 완두콩 꼬투리가 자라나면서 덩굴손이 뻗어나가 얽히고설킨 모습을 보고 손이 길어져서 서로 엉켰다는 설명을 했더니 5살 아이가 한 말입니다. 어른인 나는 엉킨 덩굴손을 해결해야 할 문제로 본 것인데, 있는 그대로 보는 눈, 그 눈에 비친 세상을 말꽃으로 피워냅니다.

#2

별 : 빨리 어른이 되고 싶은 마음을 담고 싶어요.

달 : 그럼 안 좋은데 빨리 할아버지 되는데~

샘 : 아빠처럼 되고 싶구나….

콩 : 살다보면 할아버지 돼.

별 : 어른 되면 쪼끔 안 좋은 점도 있어.

아이들 말꽃을 가만히 살펴보면 아이의 말을 더욱 피어나게 하는 사람이
있습니다. 그냥 무심코 넘어가지 않고 귀 기울여 들어주는 사람,
아이의 세계로 눈높이를 맞춰야 대화를 이어갈 수 있습니다.
대화가 이어질 때 아이들의 말은 봇물 터지듯 터져 나옵니다.

바로 연구소 가서 일을 해야 된다구~ 너무 힘들어~

달 : 일 안해도 돼, 돈 없어도 돼.

강 : 돈 없으면 아무것도 못 사.

달 : 집에 있는 음식 먹으면 되지.

샘 : 텃밭에 씨 뿌려 수확해서 먹으면 되겠네.

들 : 그럼 씨앗은 어디서 사노?

콩 : 씨앗은 땅에서 찾으면 되지.

방정환한울어린이집 아이들이 아침열기 시간에 '맑은물'에 마음담기를 하면서 나눈 대화입니다. 평소 아이들 가정의 분위기가 엿보이는 듯도 하고, 아이다운 생각들이 훨훨 막힘없이 흘러나온 듯도 합니다. 이런 말을 글로 옮겨놓고 보면 낯이 가려 울 때가 많습니다. 민낯을 들킨 기분이랄까요? 아이들은 다 알고 있는 것 같아요. 어른들이 가리고 싶은 것들까지도 말입니다. 가리고 싶은 것들을 담박에 벗겨놓는 힘, 아이들 말꽃은 그렇게 피어납니다.

#3

며칠 전 바람이(7세) 어머니가 담임 선생님께 전해 준 말입니다. 바람이(7세)가 하원하고 집에 가서 하는 말이 오늘 나들이 갔다가 돌에 부딪혀서 아팠다고, 그래서 울었다고 했답니다. 선생님이 안아주었는데,

바람 : 근데 싫었어."

엄마 : 왜?

바람 : 아기처럼 안아주니까 싫어.

엄마 : 응???

바람 : 형님인데~ 아기처럼 안아줬어. 아기가 아니라 형님이란 말야. 엉덩이를 받쳐서 안아주었단 말이야~.

7세는 물어보고 안아주어야 합니다. 이쁘다고 함부로 얼굴을 만지거나 뽀뽀를 하거나 덥썩 안으면 안 됩니다. 그건 애기들한테나 하는 행동이라서 기분이 나쁘답니다. 형님이 되었으니 형님 대우를 받고 싶다는 거지요. 씩씩거리며 자기는 형님이라고 당당하게 요구하는 모습입니다. 한 살 나이를 더 먹고 자라난 것을 얼마나 귀하게 여기는지 알 수 있는 말꽃입니다. 그 말을 듣고 보니 한 살을 더 먹는다는 것을 다시 생각하게 됩니다. 나는 얼마나 귀한 나이를 가졌는지 말입니다.

#4

바우(5세) : 선생님 애들이 놀려요. 저보고 콧구멍이 크고 귀가 작대요.

샘 : 바우가 속상하겠구나. 그런데 바우는 콧구멍이 크고 귀가 작아?

바우 : 아니오! 저는 콧구멍은 작고 귀가 커요~.

샘 : 푸하하, 크크크….

잠시 뒤 바우와 함께 친구들이 놀고 있던 마당의 흙산 위로 올라가 큰소리로 함께 외쳤어요.

"바우는 콧구멍은 작고 귀는 커~."

그러자 바우는 그림책 『누가 내 머리에 똥쌌어』 주인공 두더지처럼 기분 좋게 흙산에서 내려왔습니다.

하하 호호호. 한참을 웃었습니다. 그런데 아이들 말꽃을 가만히 살펴보면 아이의 말을 더욱 피어나게 하는 사람이 있습니다. 그냥 무심코 넘어가지 않고 귀 기울여 들어주는 사람, 아이의 세계로 눈높이를 맞춰야 대화를 이어갈 수 있습니다. 대화가 이어질 때 아이들의 말은 봇물 터지듯 터져 나옵니다. 그 말은 시원하고 귀를 씻어주고 마음을 열어줍니다. 그래서 웃게 됩니다.

방정환텃밭책놀이터 초등동아리 '탐험하는 바람' 아이들과 텃밭요리를 하는 날입니다. 진달래와 냉이, 쑥 등으로 화전을 만들어 먹고 시를 써 보기로 했습니다. 그때 초등 2학년 아이가 쓴 시를 소개합니다. 말꽃이 곱게 피어나 있습니다.

제목 : 진달래꽃

진달래꽃의 고향은 이 곳

우리가 살던 고향과는 다르지

진달래꽃은 풍경의 바람소리를 듣고 태어났네.

방정환텃밭책놀이터에 오는 탐바 아이들 중에 형제 두 쌍이 있습니다. 집에서는 형과 아우가 늘 투닥거리겠지만 바깥에 나오면 그럴 수 없는 형제가 됩니다. 다른 형이나 동생한테 행여 자기 동생이 피해를 볼까 예민하게 굴던 두 형, 그 여름 날 제대로 한 판 붙었습니다. 몇 달 전 일까지 끄집어내어 한 참을 옥신각신 하는가 싶더니 몸싸움으로까지 번졌습니다. 그러다 한 형이 손에 들고 있던 책을 휙 내던지며 벌떡 일어나 한쪽으로 가서 펑펑 웁니다. 억울해서 못 견디겠다는 듯이 허우적거리며 웁니다. 그러자 나머지 형도 욕지거리를 내뱉고는 더 크게 우는 겁니다. 순식간에 분위기가 썰렁해지고 말았습니다. 이 갑작스럽고 난감한 상황을 어째야 되나 함부로 끼어들지 못하고 지켜보고 있는데, 둘 다 한참동안 울고 나더니 뒤에 울기 시작한 형이 먼저 울던 형한테로 가서 손을 내밀며 한 마디를 합니다. "미안해" 울음이 섞인 그 말이 그 순간 참 아름답다고 느껴졌습니다. 미안하다는 말이 참 귀하게 여겨지던 순간이었습니다. 나만 그런 게 아니었던지, 서로 어색한 몸짓으로 손을 잡습니다. "나도 미안해"

아이들이 피워낸 말꽃을 키 낮은 별꽃을 볼 때처럼 가만히, 자세히 들여다보는 봄날입니다.

(#2, 3, 4는 방정환한울어린이집 교사의 기록에서 가져왔습니다.)

진달래, 민들레, 쑥, 냉이 등. 꽃과 봄나물을 뜯어서 찹쌀가루 멥쌀가루를
반씩 섞은 것을 익반죽하고 동글납작 빚어서 기름을 두른 팬에 올려
반죽을 익힌 뒤 꽃잎을 얹어서 한번 더 살짝만 지져주면
분홍과 초록색깔이 살아있는 화전을 먹을 수 있습니다.

요리조리 텃밭요리

며칠 전 방정환텃밭책놀이터 초등동아리 '탐험하는 바람' 친구들이 1학기 수료를 하고 방학에 들어갔습니다. 1학기 마무리를 하며 어떤 활동이 기억에 남는지 물었더니, 산들놀이, 책놀이, 축구, 바느질… 고루 나옵니다. 저마다 취향이 다르니 골고루 나오는 것이 당연합니다. 근데 공통으로 좋아하는 것이 텃밭요리 시간입니다.

아이들은 요리하는 걸 좋아합니다. 아이를 지켜본 사람들은 알 수 있습니다. 3, 4살 무렵이면 씽크대에 발 받침대를 딛고 올라서서 설거지를 하고 싶어 합니다. 물을 흘리고 옷도 적시고 설거지를 한다기보다 물놀이에 가까운 것이긴 하지만 말입니다. 조금 더 자라면 엄마가 하는 요리를 같이 하고 싶어 합니다. 아이들 눈에 요리는 재미있는 놀이임에 틀림없습니다.

탐바 아이들도 달에 한번 '요리하는 글놀이' 시간을 좋아합니다. 오전에 단체로 오는 어린이집 아이들도 달에 한번은 텃밭에서 키운 채소들과 과일들을 가지고 요리를 합니다.

3월이면 해마다 빠지지 않고 해 먹는 것이 화전입니다. 진달래, 민들레, 쑥, 냉이 등. 꽃과 봄나물을 뜯어서 찹쌀가루 멥쌀가루를 반씩 섞은 것을 익반죽하고 동글납작 빚어서 기름을 두른 팬에 올려 반죽을 익힌 뒤 꽃잎을 얹어서 한번 더 살짝만 지져주면 분홍과 초록색깔이 살아있는 화전을 먹을 수 있습니다. 화전 만들기는 매년 해 먹는 요리입니다. 내년에는 진달래 초밥을 해볼까 합니다.

4월에는 쑥개떡을 해 먹습니다. 작년 이맘때는 쑥인절미를 해 먹었는데, 쑥에 소금을 넣고 잘 삶아서 잘게 다지거나 분쇄기로 잘라준 뒤 찹쌀가루에 섞어서 익반죽을 합니다. 꼭꼭 주물러서 동글납작 모양을 만들고 끓는 물에 익혀낸 뒤 콩고물에 묻혀 먹으면 집에서도 쉽게 해 먹을 수 있는 쑥인절미가 됩니다. 올해는 쑥개떡을 했는데 멥쌀가루에 삶은 쑥을 잘게 썰어서 넣고 익반죽을 한 뒤 동글납작 빚어줍니다. 찜 솥에 얹어서 20분 정도 센 불에서 익힌 후 5분 정도 뜸을 들이면 맛난 쑥개떡이 됩니다. 빚은 반죽을 프라이팬에 기름을 두르고 앞뒤로 노릇노릇 구워주어도 아이들이 잘 먹습니다. 사실 기름 맛에 더 익숙한 아이들은 이걸 더 좋아합니다. 웬만하면 굽고 튀기는 것보다 찌고, 삶고 무쳐서 먹는 요리법으로 하려는 노력을 합니다.

5월에는 텃밭을 둘러보니 완두콩, 딸기, 보리수가 씩씩하게 자라고 있는 때입니다. 무얼할까? 궁리를 합니다. 이왕이면 아이들의 손작업이 많은 요리 과정을 생각해 봅니다. 또 평소에 집에서는 잘 안 먹던 것도 이렇게 친구들과 여럿이 먹게 되면 저도 모르게 꿀떡꿀떡 잘 먹기도 해서 아이들의 편식 대상이 되는 것들을 끼워 넣기도 합니다. 그래서 생각한 것이 완두콩 딸기 핫케이크입니다. 완두콩에 소금을 조금 넣고 초록색이 잘 살아나도록 삶아 줍니다. 올해는 유달리 완두콩이 달고 고소합니다. 딸기는 곱고 이쁜 것들은 아이들이 텃밭 올 때마다 따먹고, 애벌레들이 먹고 남은 못난이 딸기들을 며칠 전부터 따다가 설탕을 넣고 조물조물해서 설탕을 녹인 후 딸기청을 만들어 냉장보관을 합니다. 한살림에서 사온 핫케이크 가루로 반죽을 하고 팬에 기름은 약간 두른 뒤 한 국자 떠서 동그라미 모양이 나게 부은 후 익혀둔 완두콩을 올려줍니다. 뒤집어서 반죽이 익혀지면 접시에 옮겨 담고 건더기가 듬성듬성 있는 딸기청을 자연스레 흘러내리도록 부어줍니다. 그렇게 서너 장을 쌓아올려 준 뒤 보리수를 꼭지가 3~4센티 있는 채로 올려줍니다. 눈맛이 아주 좋은 '완두콩 딸기 핫케이크'가 됩니다. 아이들한테 가장 인기 좋았던 요리입니다.

6월에는 감자를 수확 할 때입니다. 아이들 손작업이 더 많은 감자 요리를 궁리합니다. 감자 샐러드를 올린 카나페가 생각납니다. 과자 대신 재래시장에서 파는 뻥튀기를 하면 좋겠다 싶어 시장에 갔더니 '어머나~' 아이들이 너무 좋아할 하트 모양 뻥튀기가 동그란 크래커만한 크기로 봉지에 담겨 있는 것이 눈에 쏙 들어옵니다.

먼저 감자를 삶아서 소금, 설탕, 케찹을 조금 넣고 눈맛을 살리느라 깨소금도 조금 넣어줍니다. 사과와 새콤달콤 절인 오이도 물기를 꼭 짜서 잘게 다져줍니다. 같이 섞어서 샐러드를 만들고 이쁜 하트 모양 뻥튀기 위에 한 스푼 올려줍니다. 방울토마토를 반으로 잘라 엎어서 올려주면 '감자뻥탑과자'가 됩니다. 요건 만들기를 더 재밌어했던 요리이고 먹는 것은 호불호가 좀 엇갈리기도 했습니다.

작년에는 삶은 감자를 으깨서 동글동글 빚어서 콩가루에 도르르 굴려 먹는 감자경단을 만들어 먹었습니다.

7월에는 텃밭에 옥수수 알맹이가 탱글탱글 살이 오르고, 들깨 이파리가 풍성해집니다. 오이와 가지도 한창입니다. 튀김 요리를 거의 안 하지만 지난해에는 들깨순 튀김을 해 먹었습니다. 당연히 인기 폭발이었지만 점심을 적게 먹는 문제가 발생했습니다. 올 7월에는 '가지 피자'를 해 보려고 합니다. 텃밭에 오는 아이들한테 생가지를 잘라서 먹어 보게 하지만 대체로 가지 요리를 아이들은 썩 좋아하지 않습니다. 그래서 가지 변신을 해보려구요. 가지를 납작하게 썰어서 기름기 없는 팬에 살짝 지져줍니다. 그 위에 토마토(케첩)를 엎고 옥수수도 미리 삶아두었다가 알맹이를 올리고 피자 치즈를 올려서 팬에 살짝 구워내면 됩니다. 가지에 대한 선입견을 싹 가시게 할 수 있을까요?

이렇게 상반기 활동이 끝나면 텃밭에는 배추와 무를 심는 계절이 됩니다. 김장용으로 쪽파도 심습니다. 늦가을 즈음에 방정환한울어린이집 아이들과 힘모아 배추, 무 수확을 하고 엄마들도 불러 모아서 함께 김장을 합니다. 작년 배추는 거칠고 질겨서 많이 씹어야 하는 배추김치가 되었습니다. 아이들한테 소외당하는 배추김치를 주방 선생님이 잘게 썰어서 볶아도 주고, 부침개도 해 주어서 두루 먹고 있습니다. 시장에서 사서 담근 배추는 하얀색 이파리가 연해서 잘 씹히는 배추김치이지요. 당연 그 배추가 입에 맛나지만, 아이들 노래 소리 발자국 소리를 듣고 부지런히 물을 주면서 토닥여 키운 배추가 좀 질기긴 해도 몸에 더 좋을 것은 말을 보탤 필요가 없는 것이지요. 올해도 고춧가루 양념을 배추보다 옷에다 더 많이 발라가면서 아이들과 김장을 할 생각입니다. 초록 이파리 일색에 씹을수록 맛난 배추 맛이 몸에 스미도록. 김장을 하고 남은 무는 겨울동안 잘게 잘라서 무말랭이도 합니다. 매실청에 간장과 마늘로 만든 양념장에 무말랭이를 담궈두면 아삭아삭 씹는 맛이 좋은 무말랭이가 되니까요.

여름을 지나온 고구마는 겨울 내내 화목난로에 구워 먹는 달콤한 군고구마가 되어 줍니다.

방정환한울어린이집

겨울 햇살,
고요히 땅에 힘주다

사람들이 북적대는 것이 제법 장마당 맛이 났습니다.
순식간에 물건들이 동이 나고 먹을거리도 바닥이 났습니다.
볼록한 가방을 들고 엄마 손을 잡은 채 깨금발 춤을 추며
집으로 돌아가는 아이들이 보입니다.

나눔을 배우는 실험, 벼룩시장

부모들이 나섰습니다. 방정환한울어린이집을 열고 부모 모임으로 5월 가족 산행을 할 때만 해도 서로 서먹서먹하니 제 갈 길만 걸어가는 모습이었습니다. 특히 아버지들은 이런 모임들에 익숙지 않아서인지 낯설어하는 몸짓이 단박에 드러납니다. 7월에 '아빠와 함께 하는 여름캠프'를 열었을 때는 아빠들이 제법 적극적으로 요리를 했는데, 자기 가족뿐 아니라 여분의 재료를 갖고 와서 나누어 먹기도 했습니다. 한 사람이 추가될 때마다 계란을 개수에 맞게 부치던 한 아빠의 모습이 생각납니다.

그리고 11월, 엄마들이 두어 달 전부터 부모 모임인 '도란도란'에서 제안을 했습니다. 벼룩시장을 해보잡니다. 집에서 놀고 있는 물건들, 끄집어내 주기를 기다리는 것들을 모아보면 서로에게 꼭 필요한 무엇이 되지 않겠냐고. 아이들에게도 스스로 무엇을 준비하고 만들고 나누는 경험을 할 수 있도록 하자고 했습니다. 그렇게 시작된 벼룩시장은 몇 차례 준비 회의를 거쳤습니다. 돈으로 사고 팔며 경제개념을 알려주자, 돈보다 서로 나누는 것을 경험하도록 하자, 어떤 물건을 가져오자는 등 설왕설래 하던 이야기들이 정리가 되면서 부모들이 그 모든 걸 준비하는데 한 달이 넘게 걸렸습니다. 부모들 간에 조금씩 거리를 좁혀가는 모습이 보였습니다. 누구 엄마한테 어떤 재주가 있는지도 알고, 이런 일에 적극적으로 나서는 엄마도 생겼습니다. 말없이 차곡차곡 뒷정리를 돕는 엄마도 있었습니다. 어린이집에서 하는 일에 돕는 사람이 아니라 주도적으로 행사를 만드는 사람들이 된 엄마들은 신나 보였습니다.

아이들도 날마다 숲을 오가는 길에 도토리를 주워 와서 모았습니다. 물론 다람쥐 몫은 남겨두고서 말입니다. 이웃 텃밭에서 나눠준 고추 이삭도 부지런히 따서 장아찌를 만들고. 아이들에게 인기 만점인 깍두기도 주방 선생님의 도움을 받아 준비해두었습니다.

바자회 날 아침, 부슬부슬 비가 내렸습니다. 마당을 써야 하는데…. 그때 '어디선가 누군가에 무슨 일이 생기면~' 나타나는 짱가(만화영화 주인공)처럼 아빠들이 나타났습니다. 커다란 천막을 실어오고 마당에 아이들의 동선을 그리면서 비에 맞지 않도록 뚝딱, 설치를 했습니다. 엄마들도 점심을 거른 채 먹거리 준비에 바빴습니다. 아이들은 자기들이 만든 도토리묵에 가격을 매기느라 몇 번을 쓰고 지우기를 반복했습니다.

이번 벼룩시장은 시범적으로 우리 어린이집 식구들끼리 해보자했는데, 엄마들 입소문을 듣고 찾아온 사람들까지 보태져서 어린이집 안팎으로 북적대며 어묵과 샌드위치, 차와 떡 구이 등 먹거리 장터, 솜씨 장터, 재활용

장터가 펼쳐지고 사람들이 북적대는 것이 제법 장마당 맛이 났습니다. 순식간에 물건들이 동이 나고 먹을거리도 바닥이 났습니다. 볼록한 가방을 들고 엄마 손을 잡은 채 깨금발 춤을 추며 집으로 돌아가는 아이들이 보입니다.

벼룩시장으로 생긴 수익금은 연말에 아이들과 그 돈을 어떻게 쓸지 의논해서 사용한다고 합니다. 아이들이 어떤 의견들을 내놓을지 무척 궁금합니다.

언제나 그렇지만 처음은 미숙하고 아쉽습니다. 이번 벼룩시장도 부모님들의 적극적인 동참, 나눔의 즐거움을 경험하는 기회로는 만족할만했지만, 벼룩시장을 하는 목적을 어디에 둘 것인가 하는 부분에서는 의견 일치를 하지 못했습니다. 그러나 아이들도 엄마들도 주체가 되어 해내는 일이 서로를 즐겁게 한다는 것을 경험할 수 있었습니다. 벼룩시장을 평가하는 자리에서 부모님들은 내년에는 좀 더 확장해서 하자고 합니다. 더 많은 사람들이 참여할 수 있도록 문을 열자고 합니다. 어르신들이 정성으로 거둔 곡식과 과일도 갖다놓을 수 있도록 하고, 솜씨들도 펼쳐 보일 수 있는 장터로 만들자고 합니다. 또 수익금이 생겼을 때 아름다운 나눔을 할 수 있는 것들도 찾아보자고 합니다. 내년의 벼룩시장은 부모님들과 아이들이 쏘옥 자란 '나눔 장터'가 펼쳐질 거라고 앞당겨 기대해 봅니다.

자기표현이 자유로울 때
생명이 꽃 핀다

들이의 표현은 거칩니다. 그림을 그리면 총과 칼, 피, 전쟁, 폭탄 이런 것들을 그립니다. 말로 자기 생각을 이야기할 때도 그렇습니다. 죽이고, 피 나고, 싸우고, 욕하고, 깨부수고 등등. 어디서 연유한 것인지 궁금합니다. 어떻게 하면 자기표현을 제대로 할까? 진짜 말하고 싶은 게 무엇일까? 왜 저렇게 거친 표현들로 말을 할까, 이해가 안 되는 날도 많습니다. 짐작하는 것으로 함부로 판단해서는 안 될 일이지만, 자기를 소중하게 여기지 않는 데서 연유한 것이 아닐까 하는 생각을 합니다.

책놀이 시간에 책을 읽고 이야기 나눌 때에도 자꾸 부정적인 표현을 즐겨 쓰기에, "들이야, 그렇게 말하면 기분 좋아? 자꾸 그런 표현을 쓰면 그렇게 닮아간대, 네가 정말 그런 사람이 되고 싶어요?" 그랬더니 아무 말도 안 합니다. 자기도 그런 말 표현이 나쁘다는 것은 알고 있다는 뜻입니다. 그런데 다음 번 수업에서 만났을 때도 또 그럽니다. 으, 콕 한 대 때려주고 싶어

우리는 새로운 색깔들을 만나면서 색을 풍부하게 표현하는 말과
색에 대한 감각을 배웁니다. 색을 이용해서 말과 글,
그림을 표현할 때 정해져 있는 익숙한 것들에 갇히지 않고
좀 더 다양한 감각으로 표현할 수 있기를 바라면서 말입니다.

집니다. 꾹 참고 "진짜 들이 나와라~, 어디 숨었니?" 말씨름으로 실랑이를 합니다.

아이들의 이런 모습을 만날 때면 간혹 혼란스럽기도 합니다. 안에 가득히 쌓인 부정적인 의미들을 그대로 밖으로 토해내는 게 좋을까? 그리고 나서야 적당한 표현으로 생각을 나타낼 줄 알게 되는 걸까? 생각하는 대로 표현하는 게 자유로운 표현이라면 그 거친 말들이 그대로 나오는 게 맞는 걸까?'그런 표현을 나무라거나 멈추라고 요구하기보다 그렇게밖에 표현할 길이 없는 아이의 상황과 과정을 살펴보고 비속어나 욕이 아니라도 자기 생각을 표현하는 적당한 말과 글이 있다는 걸 인내심을 갖고 알려주어야지'라고 마음속으로 추슬러 보지만 그 상황 앞에 놓이게 되면 곤혹스럽습니다.

탐바 아이들이 모둠 활동을 하고 뭔가 발표를 하려고 앞에 나섰을 때 평소의 태도와 다른 것에 놀랐습니다. 몸을 제대로 가누지 못하고 비비꼽니다. 고개를 못 들고, 몸을 정면으로 서지도 못합니다. 목소리는 기어들어가는 소리를 냅니다. 참 이상합니다. 어디서부터 어긋났을까요? 나에게 따지고 들 때는 누구보다 똑 부러지게 말하는 아이들인데 앞에 나가서 발표하는 것은 왜 제 말로 하지 못하고 부담스러울까요? 나의 어릴 적 기억을 더듬어 보아도 그랬습니다. 아주 혼줄이 났습니다. 심지어 교탁 아래 빈틈으로 숨기도 하고 목소리가 떨려서 제대로 말도 못했습니다. 그 모습 밑바탕을 들여다보면 잘하고 싶은 마음이 가득했기 때문이라는 생각이 듭니다. 그리고 친구들이랑 이야기를 나누는 말로 발표를 할 수 없었지요. 뭔가 발표를 위한 말투와 자세가 있었습니다. 그것에 맞추려니 당연히 어색하고 어려웠습니다. 아직도 학교에서 그런 걸까요? 열린 학교니 작은 학교니 혁신학교니 해서 아이들이 자발적으로 참여하고 스스로 선택하게 하는 것들이 많아졌는데, 여전히 내 생각을 말하는 것은 어떤 틀에서 벗어나지 못하고 있는 걸까요? 글을 써도 그렇습니다. 자기 생각을 표현하지 못하고 남의 글과 말을 따라하는 경우가 많습니다.

이오덕 선생님은 '자기표현이 자유로울 때 생명이 꽃핀다.'고 말씀하시면서 자유로운 표현을 교육의 주요한 활동으로 강조하셨습니다. 자기표현을 자유롭게 하는 것은 거칠고 비뚤어진 표현을 그대로 두라는 말은 아닐 테지요. 자기 생각을 거침없이 다양한 형태로 표현하되 다른 사람들과도 공감할 수 있는 표현법들을 찾을 수 있어야 할 것입니다.

그래서 다양한 표현을 할 수 있는 방법들을 만날 수 있도록 노력 중입니다. 아이들을 만나는 동안 내내 힘써서 해야 할 숙제 같은 것이라고 생각하고 있습니다.

지난 번 책놀이 시간에 '생각'이란 책을 읽고 이야기를 나눈 후 아이들에게 '생각이 뭘까?' 라고 물어 보았습니다.

- 이빨이다. 생각도 새로 나오니까.
- 구름이다. 자유롭게 날아다닐 수 있으니까.
- 흘러가는 물이다. 생각도 지나가고 다시 생겨나니까.
- 버려지는 쓰레기이다. 어린이가 어른이 되면 어린이 생각을 버리니까.

- 머리카락이다. 머리카락처럼 생각도 여러 개니까.

- 나무다. 나무처럼 자라니까.

아이들만의 표현이었기에 너무 반갑고 기쁩니다.

색깔 찾기 놀이도 합니다. 자연의 색깔을 먼저 찾아보기로 했습니다. 들로 나가는 길에 흙을 테이프로 찍어보았습니다. 흙색이라 표현하던 그 속에는 하얀색, 갈색, 까만색, 진회색, 연회색, 붉은색 등 다양한 색들이 섞여 있습니다. 색깔 카드를 들고 나뭇잎, 풀잎 색깔을 견주어 보니 나뭇잎에도 한 가지 초록만이 아닙니다. 노란색, 황토색, 연두색, 초록색, 청록색, 붉은색 등 한 나뭇잎에 고루 어우러져 있습니다. 볍씨도 하나 얻어서 자세히 보니 누런색 일색이 아닙니다. 몇 가지 색이 어우러져 있습니다. 물감을 통해 색깔을 찾아보자 하고 수채화물감을 젖은 종이 위에 칠해보았습니다. 색이 번지면서 보여주는 스펙트럼, 색과 색이 만나서 만들어 주는 다른 색들…. 우리는 새로운 색깔들을 만나면서 색을 풍부하게 표현하는 말과 색에 대한 감각을 배웁니다. 색을 이용해서 말과 글, 그림을 표현할 때 정해져 있는 익숙한 것들에 갇히지 않고 좀 더 다양한 감각으로 표현할 수 있기를 바라면서 말입니다.

'파란 막대'라는 그림책을 읽고 보자기 변신 놀이도 합니다. 보자기를 하나 들고 접거나 구기거나 뭉치거나 펼쳐서 모양을 만들어 보는 놀이입니다. 처음에는 쭈뼛거리던 아이들이 몇 가지 사례를 보여주자 서로 먼저 하겠다고 달려 나옵니다. 달팽이, 하트, 무지개, 붕대, 베개, 바다, 돗자리, 깃발, 똥, 바다, 슈퍼맨, 망토, 등등. 이어서 빨간 막대도 하나 꺼내 놓으니, 어느새 피리, 피아노, 깃발, 김밥, 색연필, 국기봉, 마술봉, 비눗방울, 피노키오 코, 하모니카, 피리… 술술 변신을 이어갑니다. 보자기 네모 모양에 한정 짓지 않고, 막대의 길쭉한 길이와 빨간색에 머물지 않고 그 안에 숨어있는 이미지들을 만들어 가는 놀이를 통해 사물을 보는 눈이 확장되기를 바랍니다. 새로운 이미지를 찾아내는 것, 새로운 개념을 만들어 낼 수 있는 활동이지요. 아이들이 살아갈 세상은 지금의 어른들이 살아온 세상과는 사뭇 다를 것입니다. 그래서 방정환 선생님은 이미 백 년 전에 설파하셨습니다. 낡은 세대가 새로운 세대를 억압하지 말아야 한다고. 어린이는 앞서가는 새로운 세대이니, 낮추어 보지 말고 치어다보라 했습니다. 그 말의 의미가 더욱 값지게 여기지는 세상을 맞이하고 있습니다. 기성세대가 가진 생각의 틀을 넘어서서 다음 세대를 어떻게 만날 것인가? 어린아이들이니 가르치려고 드는 '꼰대'가 아니라 서로의 생명을 꽃 피우는 길동무로 아이들을 만나고 싶습니다.

겨울물오리를 닮은 아이들

얼음 어는 강물이 춥지도 않니?

동동동 떠다니는 물오리들아

얼음장 위에서도 맨발로 노는

아장아장 물오리 귀여운 새야

나도 이제 찬바람 무섭지 않다

오리들아 이 강에서 같이 살자

이원수 선생님의 시에 곡을 붙인 노래입니다. 추운 겨울날도 아이들은 겨울 물오리들처럼 놉니다. 얼음 위에서 시간 가는 줄 모르고 발 썰매를 타고 고드름을 떼어 먹고 돌멩이를 던져 얼음을 깨어보고…

방정환한울어린이집 아이들은 오늘도 나들이를 갑니다. 나가기 전에 선생님은 아이들에게 묻습니다. "애들아, 오늘은 어디로 갈까요?" "용담정 ~~~" "고드름 따러 가기로 했잖아요~" 목소리가 높습니다. 매일 아침 나들

아이들과 함께 따먹는 고드름 맛은 신기하게도 참 맛납니다.
얼음의 맛이 별맛이야 있겠는가마는 친구들이랑 함께 먹는 맛,
시린 손을 이 손 저 손 옮겨가며 먹는 맛,
서로 모양을 자랑하는 맛,
땀 흘리며 여기까지 올라와서 먹는 맛…

이를 가기 전 아이들이 배움터를 선택합니다. 아이들이 스스로 선택할 수 있는 권리를 갖는 것입니다. 스스로 선택할 수 있는 기회를 통해 아이들이 주체가 되도록 하는 것, 곧 삶의 주인공이 되도록 돕는 것이야말로 방정환한울어린이집에서 하고자 하는 배움의 방향입니다. 스스로 주인이 된다는 것은 다른 사람의 권리도 인정할 줄 아는 마음이 자라나야 합니다. 그 과정에서 진통을 겪는 것은 어쩌면 당연한 일인지도 모르겠습니다.

오늘 아침도 그랬습니다. 대부분의 아이들이 용담정에 가고 싶다고 소리를 질렀고, 그래서 달이 혼자 솔방울산을 가고 싶다고 한 말은 묻혀버리고 말았습니다. 나들이를 가기 위해 대문을 나서면서 일이 나고 말았습니다. 자기는 용담정에 가고 싶지 않다면서 달이가 울기 시작했습니다. 모두 발걸음을 멈추고 달이를 둘러섰습니다. 그냥 가자는 아이, 너 혼자가라는 아이, 달이를 달래는 아이…. 선생님은 달이를 안았습니다. 그리고 작은 말로 속상했겠다고, 목소리를 못 들어서 미안하다고 속삭이면서 아이의 마음을 읽어줍니다. 어제 고드름 따러 용담정으로 가기로 약속을 했으니, 오늘은 용담정으로 가고 내일은 달이가 가고 싶은 솔방울산으로 가도 되겠냐고 다른 아이들에게 물어 봅니다. 부루퉁하던 달이도 한참 만에 눈물을 닦고 용담정 고드름을 따러 나섭니다. 여기까지 오는데 시간이 많이 걸렸습니다. 선생님도 아이들도 조금씩 나아가고 있습니다. 거기에서 희망을 봅니다.

용담정 약수터 곁으로 흐르는 도랑물이 꽁꽁 얼었습니다. 아이들은 고드름을 찾아 기웃거립니다. 얼른 고드름을 딴 솔이가 친구들에게 자랑을 하며 아이스크림을 먹을 때처럼 맛나게 먹습니다. 참 이상하지요. 요즘 아이들이야 달콤한 과자 맛에 길들여져 있을 텐데 고드름을 아주 맛나게 먹습니다. 동생반 아이들은 손이 닿지 않아서, 고드름을 금방 얻지 못하니 울상입니다. "나도 나도" 먹고 싶어서 언니들한테 애타게 손을 내밉니다. 산들맘 손을 끌고 가서 손이 닿지 않는 곳의 얼음을 따 달라고 조릅니다. 고드름이 무슨 맛이 있을까 싶지만 아이들과 함께 따먹는 고드름 맛은 신기하게도 참 맛납니다. 얼음의 맛이 별맛이야 있겠는가마는 친구들이랑 함께 먹는 맛, 시린 손을 이 손 저 손 옮겨가며 먹는 맛, 서로 모양을 자랑하는 맛, 땀 흘리며 여기까지 올라와서 먹는 맛… 놀이의 재미가 더해진 맛이 아닐까 싶습니다.

고드름을 따다가 생각지도 못한 '얼음 올챙이'(요것이 뭔지 상상해 보세요~)를 발견합니다. "얼음 올챙이다!" "어디 어디?" 아이들이 모여들고 진짜 올챙이 같다고 입을 모읍니다. 바위 위로 내려오던 물이 얼음이 되었는데, 한낮의 햇살에 얼음이 녹으면서 바위와 얼음 사이에 틈이 생겨서 그 사이로 '똘똘똘' 물이 흘러내리는 모습이 꼭 올챙이가 헤엄쳐 내려오는 듯한 모양을 만들어 놓았습니다. 선생님도 아이들도 산들맘도 신기하다며 한참동안 조잘조잘 이야기꽃을 피웁니다.

약수 물 곁의 작은 폭포에는 올록볼록 둥근 모양으로 야구공만한 얼음덩이가 생겼습니다. 먼저 발견한 선생님이 "우와, 공룡 알이다!" 소리를 지릅니다. 아이들이 쳐다보더니 "공룡 알은 더 커요." 라며 아는 척을 합니다.

내려오는 길에 제법 깊이가 있는 웅덩이도 꽁꽁 얼었습니다. 그곳에 들어가 발 썰매를 타고 싶어 하는 아이들이 모여들었습니다. 아이들이 무턱대고 들어갈 것 같지만, 먼저 돌멩이를 주워서 던져봅니다. 주먹만한 돌멩이를 던져 얼음이 안 깨지면 조금 더 큰 돌을 던져보고, 다시 더 큰 돌을 던져 얼음이 안 깨지는 걸 확인하고서 웅덩이 위의 얼음판으로 들어갑니다. 조심성이 더 많은 아이들은 선생님 더러 먼저 들어가 보랍니다. 그러고도 안 깨지니까 들어와 놀기 시작합니다.

아이들이 노는 모습을 보다가 문득 어릴 적 기억이 '스멀스멀' 올라왔습니다. 발 썰매를 노련하게 지치며 얼음판 위로 들어갔습니다. 싱싱 미끌어져 가는 속도감에 환호성이 절로 나옵니다. 주춤 거리던 별이도 조금씩 발걸음을 떼어놓습니다. 손을 잡아 끌어주고 빙글빙글 맴 돌기도 합니다. 아이들은 막대기를 들고 와서 얼음 조각을 밀어내며 아이스하키 흉내를 내기도 합니다. 강이는 얼음 조각을 공삼아 부지런히 발길질을 하다가 엉덩방아를 찧습니다. 바지가 젖는다는 걱정은 붙들어 매어 두고 아예 주저앉아서 엉덩이 썰매를 타는 아이들도 있습니다.

어린이집으로 돌아가는 길, 언덕 아래 수로도 꽁꽁 얼었습니다. 아이들이 그곳을 그냥 지나칠 리 없습니다. 언니들이 먼저 달려 내려가고 동생들도 뒤따라 내려갑니다. 양쪽 둑을 손잡이 삼아 몇 번이고 발 썰매를 타며 미끌어 내려가기를 반복합니다.

아이들 손이 꽁꽁 얼고, 논도 꽁꽁, 물도 꽁꽁 언 겨울입니다. 꽁꽁 언 땅에서 초록 새싹이 돋아나듯이 손발을 꽁꽁 얼리며 신나게 놀던 아이들도 새 봄이 오면 새싹만큼 키가 커 있을 것입니다.

'~ 나도 이제 찬바람 무섭지 않다. 오리들아 이 강에서 같이 살자'

겨울 들판이 들썩들썩

겨울 들판이 떠들썩합니다. 조용히 자기 몸을 드러내고 있는 겨울 산 아래 벼를 베어낸 그루터기들이 숭숭히 남아있는 겨울 논, 그들을 깨우는 세찬 기운이 있습니다. 찬바람이 무섭지 않은 겨울 물오리들처럼, 꽁꽁 언 도랑 물 위를 쌩쌩 달리고, 픽픽 넘어져도 '엥~' 하고 눈물바람 한번 하고 나면 그 만인 이들, 아이들입니다.

며칠 전에 지푸라기가 남아있는 논을 발견했습니다. 어찌나 반가운지. 어릴 적 고향마을에서 논바닥에 쌓여있던 짚단으로 놀던 기억을 소환합니다. 커다란 볏짚더미 속을 파고 들어가 앉을라치면 그럴싸한 아지트가 되지요. 숨바꼭질도 하고 깡통차기도 하고 더러는 속닥속닥 이야기도 나누던 비밀장소가 되어 겨울 내내 아이들의 놀이터가 됩니다.

농사를 지어보니 그렇게 남겨진 지푸라기가 논을 덮어주고 거름이 되어 땅을 살리게 된다는 걸 알게 되었습니다. 그런데 요즘은 통 겨울 논에 볏짚 이 남아있는 걸 볼 수가 없습니다. 대신 추수한 볏짚을 둘둘 말아서 비닐로

커다란 볏짚더미 속을 파고 들어가 앉을라치면
그럴싸한 아지트가 되지요. 숨바꼭질도 하고 깡통차기도
하고 더러는 속닥속닥 이야기도 나누던 비밀장소가 되어
겨울 내내 아이들의 놀이터가 됩니다.

싸 놓은 하얀 뭉치를 흔하게 만납니다. 일명 '공룡알'이지요. 소먹이로 팔려 간답니다. 그것이 농가에 짭짤한 소득, 쌀 1가마니를 팔아서 남는 수익의 절반 수준이 된다고 하니, 뭐라 할 말이 없긴 합니다.

이런 사정이니 겨울 들판에서 짚단놀이를 할 기회가 없습니다. 혹여 있더라도 함부로 갖고 놀 수가 없습니다. 그런데 볏짚이 남아있는 논을 며칠 동안 두고 봐도 그대로입니다. 주변 논에는 이미 공룡알 작업이 끝났는데, 어쩐 일인지 그대로 있습니다. 주인어른한테 혼날 각오를 하고 놀기로 합니다.

아이들과 지푸라기를 모으기 시작합니다. 들판을 달리고 논두렁을 오르내리며 시끌벅적 큰 공사(?)를 시작한 것입니다. 지푸라기로 성벽을 쌓느라 열심히 달리고 달립니다. 한아름 안고 와서 얹어도 별로 표시가 나지 않습니다. 더 많이 더 많이 가져오라는 소리가 조용한 겨울 산과 들을 깨웁니다. 주변에 있는 대나무 가지도 가져와서 벽 사이사이에 끼웁니다. 제법 지지대가 되어 줍니다. 지푸라기를 뭉쳐서 독수리도 만들고, 뱀도 만들어서 지킴이로 올려둡니다. 한쪽에선 새끼줄도 꼬아봅니다. 퉤퉤 손바닥에 침도 뱉어가며 꼬아보지만 말처럼 쉽게 안 됩니다. 그래도 얼키설키 엮어서 대문을 만듭니다. 가지고 간 보자기를 대나무 끄트머리에 매달아놓으니 마침 바람이 불어와 성벽에 높이 올린 깃발인양, 성벽을 덮는 지붕인양 모양새가 납니다. 그렇게 한참동안 지푸라기 벽을 만들던 우리는 앉은키 높이로 올라간 지푸라기 집으로 들어가 앉아도 보고 누워도 봅니다. 하나 둘 들어와 옹기종기 앉습니다. 모두 앉기에는 비좁아 꼭꼭 붙어 앉습니다. 그때부터 이야기가 시작되었습니다.

"옛날 옛날에 초록별에 지푸라기나라가 있었는데, 이 왕국에는 (어디보자, 남자 아이들을 헤아리며) 멋진 왕자 네 명과 공주(하나, 둘, 셋, 여자 아이들 숫자를 헤아리며) 세 명이 살고 있었대. 공주들과 왕자들은 쑥쑥 잘 자라서 결혼을 할 때가 된 거야. 멋진 공주와 왕자가 있다는 소문이 이웃 나라에까지 자자해지니까 이웃나라 공주와 왕자들이 초록나라로 몰려들고 있었어. 그런데 저 멀리 검정 나라에 살고 있던 불을 뿜는 흑룡 거인이 이 소식을 듣고 지푸라기 나라로 달려온 거지. 흑룡 거인은 남이 잘되는 걸 싫어했거든. 입에서 불을 뿜어대면서 무섭게 위협을 하는 거야, 얘들아 어떻게 하지?"

"저요, 저요."

"응, 말해보세요."

"커다란 칼을 들고 가서 물리쳐요." 구름이가 나섭니다.

"그래그래~ 구름 왕자가 저 구미산에 사는 최제우 할아버지한테 용천검을 빌려다가 휘이휘이 춤을 추기 시작하자 신기하게도 흑룡거인 불기둥이 쑥 사라져버리는 거 있지. 힘이 빠진 흑룡거인이 잠시 두리번거리며 멈칫멈칫하더니, 다시 온 힘을 다해서 무서운 불기둥을 뿜어내는 거야. 어떡해 어떡해?"

"저요, 저요. 내가 흑룡거인 할래요." 바람이가 나섭니다.

"정말? 그래, 그럼 바람이가 흑룡거인 하자. 어디 불기둥을 크게 뿜어볼까?" 바람이는 숨을 크게 들이쉬고는 입을 모으며 입 바람을 세게 뿜어냅니다.

"우와, 무섭다. (아주 무섭다는 표정을 지으며)" 한바탕 바람이의 입 바람에 나머지 아이들은 몸을 낮추며 무서워하느라 야단법석을 합니다.

"큰일 났다. 큰일 났어." 이번엔 무지개가 손을 번쩍 들더니,

"물을 부으면 돼요,"라고 말을 합니다.

"옳지! 그럼 되겠다. 용담저수지 물을 커다란 빨대로 끌어올려서 흑룡거인에게 퍼부어 버린 거야. 어휴~ 다행이다. 흑룡거인 불기둥이 점점 사라졌어. 그런데 흑룡거인은 정말 힘이 센가봐. 조금 시간이 지나자 크게 하품을 한번 하더니 더 큰 불기둥을 만든 거야. 큰일 났어. 지푸라기 왕국이 위험에 빠졌어." 그러자 들이가 머리 위로 팔을 휘저으며 말한다.

"폭탄을 던지면 돼요."

"아하 그러면 되겠구나! 우리 지독한 방귀를 넣어서 방귀폭탄을 만들자." 아이들은 깔깔대면서도 방귀를 모으느라 지푸라기 왕국 안이 소란합니다. 지독한 똥방귀 폭탄을 흑룡거인을 향해 던지기로 합니다. 한번, 두 번 허공을 가르며 똥방귀 폭탄을 던지는 시늉을 합니다. 드디어 흑룡거인은 무릎을 꿇고 코를 감싸며 도망을 갑니다.

"흑룡거인아, 달아나야지~" 흑룡거인 역할을 했던 바람이 등을 떠밀어 줍니다. 흑룡거인 바람이는 똥줄 나게 달아나는 흉내를 냅니다.

"와 와 와~ 우리가 물리쳤다. 만세, 만세!"

"그렇게 해서 무서운 흑룡거인을 물리친 지푸라기 나라 왕자들과 공주들은 이웃나라 공주들과 왕자들이랑 만나서 아주 행복하게 잘 살았대요. 하하하."

한바탕 흥겨운 이야기가 끝나고 아이들은 어린이집으로 돌아갈 시간입니다. 다음에 또 오겠다고 지푸라기와 겨울 논에게 인사를 합니다. 어쩌면 저 아이들에게 볏짚놀이는 이번이 마지막일지 모릅니다. 용케도 남겨진 볏짚 덕분에 한나절을 재미나게 놀았습니다. 이 아이들도 나중에 겨울 들판을 보면 지푸라기 나라 이야기를 기억해 낼까요? 그 기억이 담벼락에 머무는 겨울볕마냥 따스하게 마음을 데워줄까요? 그 따스한 기운으로 자기를 사랑하고 주변을 돌아보며 '더불어 함께' 살아가려는 마음을 끄집어낼 수 있을까요?

눈을 반짝이며 듣는 아이들 덕분에 절로 흥이 나서 얼마나 소리를 질러 댔던지 목이 칼칼합니다. (캑캑)

책두레 밭두레

『고구마 순을 심고 나서 매일매일 물을 주러 텃밭으로 모입니다. 별거 아닌 일 같지만 정말 많은 것들을 생각하고 깨닫게 해줍니다. 자연 앞에 절로 마음이 숙연해집니다. 무더운 날씨에 생각지도 않았던 바람 한 점이 스쳐 지나가면 그렇게 고마울 수가 없습니다. 쌀 한 톨에도 천지만물의 은혜가 깃들어 있다는 말이 자꾸 생각납니다.』(2019.5.14. 방정환한울학교 카페 '책두레 밭두레'에서 옮김)

  방정환텃밭책놀이터가 개관한 지 만 2년이 가까웠습니다. 햇수로는 3년 차입니다. 2017년 첫해에는 터전을 만드느라 경황이 없었습니다. 텃밭이 있는 그림책도서관을 머리에 그리면서 공간 구석구석을 되살림(재활용) 물건으로 구성하고, 생태적인 환경 구성을 하느라 냉난방도 중고 선풍기와 화목난로를 설치했습니다. 그러다 보니 손이 많이 가고 품이 아쉽습니다. 가뭄을 대비한다고 커다란 물통(5톤)을 사다 놓고 물을 채우느라 새벽 1시까

　　'책두레' 또한 그림책 공부를 꾸준히 해가다 보면
육아에 대한 가치관과 함께 성장하는 즐거움, 부모로서의 부족한 자신을
마주하는 아픔이 있을 것입니다. 그런 경험들이 혼자서는 벅차지만 함께
　　　　해서 용기와 지혜로 축적될 것을 믿습니다.

지 마을에서 물을 실어다 채우기도 했습니다. 터전을 잡은 마을에 낯선 사람들이 드나들다 보니 곱지 않은 시선으로 지켜보는 마을 사람들도 있었습니다. 어느 날 아침 출근을 하고 보니 물을 올리는 모터가 진흙 구덩이에 팽개쳐져 있는 황당한 일이 벌어지기도 했습니다. 시내에 이사를 하는 집에 가서 터전에 필요한 물건들을 실어 나르느라 새벽바람을 맞았고, 비가 오는 날도 개의치 않고 때를 놓치지 않으려 애를 썼습니다. 간판을 하라고 선뜻 후원해 주시던 분, 책 한 권 한 권에 도장을 찍고 스티커를 붙여주었던 손들, 여러 지방에서 일주일에 한번씩 와서 석 달에 걸쳐 만든 생태 화장실, 관심과 정성으로 함께 해 주신 분들이 없었다면 500평 남짓한 공간을 채우는 일은 어림도 없는 일이었습니다.

그렇게 1년 남짓을 보내고 2년 차에는 프로그램을 정착시키는 일에 매진했습니다. 방정환한울어린집을 졸업하고 초등학교에 입학한 아이들을 위한 '방과 후 교실'에서는 '탐험하는 바람'이라는 이름으로 일주일에 1~2번씩 모여서 동아리 활동을 했습니다. 산들놀이, 예술놀이, 텃밭가꾸기, 요리와 바느질, 글놀이 말놀이 등 방정환 선생님이 말씀하신대로 자기 삶의 주인이 되는 아이들로 성장해 갈 수 있도록 돕는 터전을 만들고자 노력했습니다.

어린이집 아이들은 오전에 텃밭을 가꾸는 '작은 농부'가 되어 찾아왔습니다. 겨울 들판도 마다하지 않고 뿌리를 야무지게 내리는 채소들을 만났고, 흙을 고르고, 씨를 뿌리며, 물을 주고, 거름을 날랐습니다. 그러는 사이 똥이 더러운 것이 아니라 채소를 키우는 좋은 일을 한다는 것도 알게 되었고,

열심히 노래 부르고 토닥여 준 덕에 겨울 내내 군고구마를 새참으로 꿀 맛 나게 먹을 수 있었습니다.

토요일에는 '텃밭체험놀이'라는 이름 아래 가족이 함께 텃밭을 가꾸고 주변 자연환경을 체험하고 생태놀이를 했습니다. 처음에는 엄마들이 아이들을 데리고 왔지만 차츰 아빠들이 동행하는 경우가 늘어났고, 지금까지 지속하고 있는 가족들도 있습니다. 엄마들 동아리 활동도 풍물, 책 읽는 모임 등이 진행되다가 잠시 쉬기도 하면서 이어져 오고 있습니다.

이제 3년 차, 올해는 방정환텃밭책놀이터 운영 주체를 '여럿이 함께'하는 형태를 만들어 가기 위한 활동들에 주력하고 있습니다. 어떤 특정인의 열정과 희생으로 가꿔내는 터전보다 여럿이 함께 만들어 가는, 그래서 서로 배우고 스스로 성장하는 우리가 될 수 있도록 하는 것이 올해의 목표입니다. 그 작업으로 3월 신학기에 '책두레 밭두레'라는 이름으로 회원모집을 했습니다. 다행히 7명이 모여 함께 책을 읽고 텃밭에서 실험 재배도 해보고 있는 중입니다. 서두에 옮겨놓은 글이 회원 중 한 분의 소감글입니다.

하루는 모임을 하고 난 뒤 한 분이 "여기에 오면 뭔가를 하고 싶게 만들어요."라는 말을 했습니다.

매번 모임을 하고 나면 돌아가면서 후기도 남깁니다.

… 저는 요즘 자기 전에 책읽기 대신 이야기를 들려줘요. 덕분에 옛이야

기를 검색해보고 있구요, 아이한테 전하고 싶은 메시지를 이야기 형식으로 꾸며서 들려주기도 하고, 아이가 요즘 이야기에 푹 빠졌어요. 엄마로서 함께 성장해나가는 시간 같아 너무 좋아요….

… 오직 책만이 아이들이 생각하는 힘을 기른다고 생각해서 붙잡고 읽혔는데 너무 하나만 고집했었나(?) 또 나만 재밌었던 건 아니었을까(?) 하고 생각해 보는 시간이었어요….

후기를 읽고 답글로 올려 준 회원들의 글입니다. 책을 읽고 스스로를 발견하고 새로운 것들을 받아들이면서 변화하려는 노력은 그 과정이 고스란히 아이들에게도 노출될 것입니다. 아이들은 말로 배우는 것이 아니라 부모가 살아가는 모습을 보고 배운다는 말이 있듯이 부모의 변화는 아이들의 성장에 자양분이 될 것으로 기대합니다.

책 읽기 모임을 하느라 자주 만나는 동안, 날마다 고구마 밭에 물을 주러 오가는 동안, 다른 가족들과 함께 식사하는 날이 잦아지고 있답니다. 작은 공동체가 만들어지고 있는 모습을 보는 듯합니다. 함께 하다보면 자잘한 갈등도 생길 테지요. 특히 아이들 간에 일어난 싸움이 어른들의 갈등으로 번지는 경우도 있을 수 있습니다. 그것이 두렵다고 구더기 무서워 장 못 담그는 어리석음을 선택하지는 않을 것 같아 마음이 놓입니다. 갈등은 또 다른 발견을 할 수 있는 기회이기도 하니 그것도 풀어내는 방법을 배워 가면 될 것입니다. 이렇게 1년을 보내고 나면 텃밭에서 '작은 농부님'들을 맞이하는 일도 해 볼 수 있을 거라는 기대를 합니다. 2년간의 '작은 농부' 활동일지가 있으니 참고하면서 조금씩 그들만의 색깔로 다듬어 가는 '밭두레'가 되었으면 하고 미리 김치국을 마셔봅니다.

'책두레' 또한 그림책 공부를 꾸준히 해가다 보면 육아에 대한 가치관과 함께 성장하는 즐거움, 부모로서의 부족한 자신을 마주하는 아픔이 있을 것입니다. 그런 경험들이 혼자서는 벅차지만 함께 해서 용기와 지혜로 축적될 것을 믿습니다. 방정환한울어린이집이 민간어린이집이라는 틀을 갖고 있으면서도 공동체를 지향해 온 것들을 방정환텃밭책놀이터와 더불어 실현해 나갈 수 있기를 소망합니다.

어떤 한 구간에 등장해서 손을 내밀어 주는 길동무들
덕분에 올 한 해도 참 풍요로웠습니다.
"참, 고맙습니다!"

올해도 함께 걸어 준 길동무님,
"고맙습니다!"

길이 멀기만 합니다. 어디로 가는지 여정이 선명한 것도 아닙니다. 그래서 혼자 나설 엄두가 안 날 때 길동무가 필요합니다. 앞서거니 뒤서거니 함께 가는 이가 있으면 나설 용기를 얻게 되지요. 방정환한울학교가 방정환한울어린이집을 첫 번째 배움터로 만들어서 길을 나서기 시작할 때부터 많은 길동무들이 생겼습니다. 처음에는 노자 돈을 보태는 사람들이 있었고, 굽이굽이 거친 길을 넘어서야할 때마다 길을 열어주는 간절한 기도가 있었습니다.

어린이집을 만들 때 정성을 모으고 마음을 모았던 분들의 그 소중한 기운을 잊지 않기 위해서 또 그 귀한 정성이 이곳에 머무는 아이들과 선생님들, 부모님들을 지켜줄 거라는 믿음 때문에 어린이집 천정에 나무 방울을 만들어서 매달아 두었습니다. 그 뒤 1년이 지난 뒤에는 초록 나뭇잎을 만들어서 한 살을 응원했지요. 이번에 졸업하는 아이들은 꽃을 만들어서 달아 둘 참입니다. 어린이집을 졸업하는 아이들의 그 씩씩한 기운이 남아서 후

배들도 그들처럼 당당하게 자라날 수 있도록 지켜줄 것입니다. 그 첫걸음을 함께 나서 준 길동무님에 대한 고마움이 시간이 지날수록 새록새록 되살아납니다.

올해 또 다른 길 하나를 만들었습니다. 두 번째 배움터 '방정환텃밭책놀이터'입니다. 없는 것을 만들어 가야하는 거친 길입니다. 여기에도 많은 길동무들이 나서주었습니다. 수익이 되겠냐고, 접근성이 떨어진다고, 이용 시설이 불편하다고… 무성히 안 될 이유가 나열될 때도 뚜벅뚜벅 나서는 걸음을 응원하는 사람들이 있었습니다. 한번도 얼굴을 보지 못해도 후원 회비를 잊지 않고 꼬박꼬박 넣어주는 사람들, 손 하나라도 보태겠다고 휴일을 반납하고 노동봉사를 해 주던 사람들, 먼 길도 마다하지 않고 틈을 내서 구석구석을 채워주던 사람들….

이런저런 손길이 많이 필요했던 한 해였습니다. 봄부터 시작한 텃밭책놀이터 공사는 몇 번의 어려움을 넘어서면서 만들어졌습니다. 텃밭과 비닐하우스 실내 공간을 결합하여 공간을 구상하고 설계를 해 놓고 보니 예산이 턱없이 모자랐습니다. 그래서 꿈같던 공간은 다시 변신을 하고 결국 있던 비닐하우스 골조를 그대로 이용하는 것으로 비용을 줄이고자 했지요. 그러다보니 인건비를 최소화해야 하는 상황이 발생했고, 노동봉사로 공사를 진행했습니다. 후원회원으로 지켜봐 주시던 분이 선뜻 길동무로 나서서 공사를 맡아주었습니다. 실무자들이 달라붙고, 인근에 계신 분들이 손을 보태면서 새벽부터 늦은 밤까지 일을 해내며 힘에 부치고 있을 때 '나도 이런 공간을 꿈꾸었다'고 뜻밖의 길동무가 나타나 주말을 몽땅 헌신해 주었지요. 그 덕분에 또 한 힘을 얻어 뚝딱뚝딱 일을 해나갈 수 있었습니다.

텃밭 농사는 또 어떻게 해야 할까? 경험도 부족하고 현지인도 아닌 탓에 좌충우돌하고 있을 때 번개처럼 등장해준 길동무, 마을 이장님을 역임하셨기에 이런저런 문제도 중재해 주시고, 오랫동안 남의 손에 맡겼던 터라 피폐해진 농토를 땅콩(작은포크레인)으로 두루 갈고 엎어주었습니다. 그 곁에서 땅콩 두 알처럼 단짝으로 손발을 맞춰주던 품이 넓었던 분도 기억납니다. 이 분들은 텃밭책놀이터에 꼭 필요했던 물줄기를 끌어와 주었고, 새벽 1시까지 트럭에 물을 싣고 와서 5톤 물통을 가득 채워주기도 했습니다. 겨울에는 난로에 들어갈 장작도 넉넉하게 마련해 주었습니다.

막상 이것저것 심어놓고 보니 뭐하나 손이 안 가는 것이 없습니다. 절대적인 일손이 부족하여 종종거리고 있을 때 서울에서 달려온 묵은 길동무, 은행나무어린이도서관 식구들이 고구마밭 울타리를 둘러주어서 고라니들이 드나드는 것을 막아주었습니다.

비닐하우스의 실내공간인 책놀이터를 채워 줄 책과 책꽂이를 운송비까지 부담하며 한 트럭 보내준 예전의 책동무도 있었습니다. 보관이 잘 돼서 책이 깨끗했고, 근간 책들이 많아서 책을 따로 구입하지 않아도 되었습니다. 지금 그 책들이 아이들 손에서 즐거이 놀 거리가 되어주고 있습니다. 방정환 선생님의 뜻을 펼쳐내고자 하는 뜻을 존중하여 책을 보내주고, 자료를 아낌없이 후원해 주었던, 도서출판 초방과 어린이문화연대도 고마운 길동무임에 틀림없습니다.

　이사를 하거나 집수리를 하는 집을 인적 네트워크를 통해 정보를 얻어서 새벽바람 맞으며 필요한 물건들을 실어 나르는 수고로움을 기꺼이 해준 길동무도 생각납니다. 그래서 텃밭책놀이터에는 모두 되살림 물건들로 채워졌습니다. 자칫 버려질 뻔 했던 물건들이 이곳으로 옮겨와서 그 쓰임이 되살아나고 있습니다.

　이곳 소식을 듣고 여기저기에서 구경 오는 사람들도 뭐라도 한 가지 얹어주고 가기는 마찬가지입니다. 실내공간에 꼭 필요했던 평상을 직접 제작해서 설치까지 해 준 길동무, 텅 빈 천정에 그림책 속 인물들을 불러내서 그려준 청소년 길동무, 책에 하나하나 고유번호를 붙여준 방정환한울어린이집 부모님들과 선생님들, 월화수목금금금으로 휴일을 반납하며 큰 일꾼이 되어주었던 경주의 방정환한울학교 실무자들도 잊을 수 없는 길동무입니다.

　생명 순환을 실천하고자 하는 의지를 응원하며 생태화장실을 만들어 주었던 사람들, 천도교대학생단동문회에서 예산지원을 하고 그 일을 도맡아 준 길동무들입니다. 남해, 서울, 보은, 거창에서 매주 2~3일을 할애해서 두 달에 가까운 긴 릴레이를 하며 드디어 완성해냈습니다. 열악한 조건들을 기꺼이 승화해낸 멋진 길동무들입니다.

　여름이 지나고 가을이 오면서 태풍이 어린이집을 덮쳤습니다. 지난 늦봄에 한 여름 땡볕을 가려줄 그늘 막을 만들어 준 길동무들은 태풍이 몰아쳐서 뽑혀진 그늘 막 기둥을 밤까지 비바람을 맞으며 해체작업을 해 주었습니다. 그들이 없었다면 아이들이 낭패를 볼 뻔했던 위급한 순간이었습니다.

며칠 전에는 어린이집 아이들이 1년 내내 먹을 김장을 담갔습니다. 3일 동안 품을 나누어 준 부모 길동무들, 작은 정성이라도 보태고 싶다고, 의류 제조업을 하시는 길동무님이 아이들 실내복을 만들어서 보내주었습니다.

소파 방정환 선생님의 뜻을 살펴서 지금 여기에 펼쳐낼 수 있도록 기반을 만들어 주고 있는 '잔물결 공부모임'도 중요한 길동무 중의 하나입니다. 자잘한 손길까지 다 나열할 수는 없어도 길동무들의 등장이 꼬리를 물고 이어지고 있는 셈입니다. 어떤 한 구간에 등장해서 손을 내밀어 주는 길동무들 덕분에 올 한 해도 참 풍요로웠습니다. "참, 고맙습니다!" 고마운 마음을 전하기에 너무 짧은 말이지만 바람에 실어서 그분들께로 오롯이 전달될 수 있기를 두 손 모아봅니다.

혹시라도 마음을 보태고 정성을 얹는 과정에서 작게라도 어긋나는 일이 있었다면 이 자리를 빌어서 죄송하다는 말씀드리고 싶습니다. 잘해보고자 하는 마음이 앞서서, 세차게 밀고 가던 의욕이 넘쳐서 미처 헤아리지 못한 것일 테니 널리 이해해 주시면 좋겠습니다. 참여할 적절한 시기나 방법을 몰라서, 혹은 좀 더 영글어지는 적당한 때를 기다리며 방정환한울학교가 걸어가는 길을 지켜보고 있는 분들도 있을 것입니다. 그분들과도 새해에는 길동무로 조우하는 멋진 날을 기대해 봅니다.

5년이란 시간을 보내면서 누가 방정환한울어린이집의 핵심이 뭐냐고
묻는다면 저는 '마음'이라고 이야기 하겠습니다.
마음을 살피고, 마음을 나누고, 마음을 키우고, 마음의 주인이 되는
어린이와 어른으로 함께 자라고 싶은 꿈을 꾼다고 말하겠습니다.

방정환한울어린이집은 다섯 살입니다

 '어린이는 한울입니다.' 이 말로 방정환한울어린이집 문을 연 것이 2014년입니다. 어린이 3명으로 시작하여 5년 동안, 7살까지 채워서 졸업을 한 어린이가 17명입니다. 현재 4명의 선생님들 중 2명이 처음부터 함께 했던 교사이고, 원장님은 세 번째 원장님입니다. 공간은 한 곳에서 만 5년을 보냈습니다. 그렇게 사람들이 오가는 동안 부모님과 아이들에게 낯설기만 하던 '한울'이란 말이 가장 많이 쓰는 말이 되었고, "모시고 안녕하십니까" "모시고~ 고맙습니다." '모시고'라는 말을 붙인 인사말에 익숙해졌습니다. 이제 선생님들은 아이들 하나하나의 이름에 'ㅇㅇㅇ한울님'이라는 호칭을 저절로 쓰기에 이르렀습니다. 내 안에서 '한울'의 의미가 녹아있지 않으면 쉬 나오지 못할 말이지요. 그것도 원의 방침으로 시작한 것이 아니라 어느 날부터 선생님들이 자연스레 시작했다는 것에 희망을 얻습니다.

 선생님들이 스스로 아이들 하나하나를 '한울님'으로 부를 수 있는 변화는 가정으로도 이어지고 있습니다. 어린이집을 졸업하고 방정환텃밭책놀이터에서 '탐험하는 바람' 활동을 하고 있는 한 어린이는 이제 집에서도 아침이면 새날열기를 한답니다. '맑은물'을 가운데 두고 가족들이 둘러 앉아 마음소리(나는 한울, 선생님과 부모님도 한울, 천지만물도 한울)를 하고 마음을 담아 나눠 마시면서 하루를 시작한다고 합니다. 또 다른 가족 중에도 아침에 일어날 때,

"모시고 잘 잤습니다. 새날입니다. 오늘은 즐거운 월요일입니다."

라는 말로 하루를 시작한다고 합니다. 그런 가정들이 하나 둘 생겨나고 있습니다.

올해 신입생 부모 오리엔테이션을 할 때 졸업생 부모가 신입생 부모를 만나는 과정이 있었는데 졸업생 어머니가 한 말이 생각납니다.

"어린이집에서 하는 것들을 가정에서도 같이 하려고 노력했어요. 그것이 부모인 내가 할 수 있는 일이었고, 가장 잘한 일인 것 같아요."

그래서 가장 큰 변화는 식단이었답니다. 건강한 먹을거리를 선택하고 집에서 정성들여 마련한 식사를 가족들이 즐기고 있다고 합니다. 천지만물의 기운이 담긴 밥 한 그릇의 가치를 가족 모두가 받아들이면서 감기를 달고 살던 아이의 건강뿐 아니라 가족 모두의 건강이 좋아진 건 당연한 결과이겠지요.

"아이들이 밥을 먹을 때마다 밥가(밥은 하늘입니다. 하늘은 혼자 못 가지듯이 밥은 서로서로 나누어 먹습니다.)를 꼭 부르고 먹어요." 다른 졸업생 엄마도 어린이집 행사에 왔다가 귀띔을 해 주고 갑니다. 수치로 양으로 변화를 표시

하자면 아주 작은 것에 불과하지만 어느 겨를에 나비의 날갯짓처럼 번져갈
지는 아무도 모를 일이지요.

아침에 어린이집에 오면 해야 하는 새날열기, '맑은물' 시간은 종교적 색
채로서의 벽을 넘지 못하는 교사와 부모도 있었습니다. 아이들은 마음소리
'나는 한울, 부모님과 선생님도 한울, 천지만물도 한울'을 외치는 것에 거침
이 없었지만 어른들에게는 내면에서 검열되어야 하는 겹겹의 층이 있으니
까요. 맑은 물 한 잔에 서로의 마음을 담고, 마음을 살피며 하루를 시작하는
일이 어느 종교에 한정된 의식이 아니라 가장 보편적인 삶의 태도로 인식되
는 데는 그만한 시간이 필요했습니다.

얼마 전 '맑은물' 시간에 5살 어린이가 "나는 엄마를 많이 좋아하는데 자
꾸 말을 안 듣고 싶은 마음이 생겨요"라고 말을 했답니다. 그 속상한 마음을
함께 들어주고 '맑은물'에 그 마음을 담아서 모두 나눠 마셨다고 해요. 자기
마음을 들여다보고 표현할 줄 아는 아이로 변화한 것을 알아차린 교사도 그
날의 일이 특별한 경험이어서 교사들 사이에서 한동안 회자되었던 이야기
입니다.

방정환텃밭책놀이터에서는 '맑은물'을 대신하여 직접 만든 차를 마시는
데, 활동을 시작하기 전에 감사의 마음을 담아서 나누어 마십니다. 이제 어
린이집의 어떤 행사에서도 시작은 '맑은물'로 하고 있습니다.

새날열기 중의 하나인 '나누미(∗)'도 밥 한 그릇에 담기는 정성과 천지만
물의 은혜를 아이들과 공감하기 위해 만든 활동이었습니다. 그래서 밥을

먹기 전 한 스푼의 쌀을 덜어 놓으며 밥 한 그릇이 있기까지 고마운 존재들에게 고마움을 표현합니다.

어린이집에서 날마다 하던 활동이 4년 차 무렵에 가정으로 확대되어서 부모들도 나누미에 참여하고 있습니다. 일주일 동안 가족들의 밥을 지을 때마다 가족 수만큼 숟가락으로 쌀을 떠 두었다가 어린이집으로 가져와서 나누미 모금 항아리에 모으고 있습니다. 부모의 기도심이 담긴 쌀은 아이들 점심밥을 하는 쌀로 어린이집에서 도로 사서 기금을 모으는 중입니다. 그렇게 모아진 기금은 어린이들을 돕는 단체에 후원금으로 보내지고 있습니다. 어린이집에서 시작한 작은 활동이 각 가정으로, 사회 참여의 활동으로 이어지고 있습니다. 동학이 일어났던 시기에는 '유무상자(有無相資: 가진 사람과 못 가진 사람이 서로 돕고 나누는 것)로서 동학 정신이 구현되었고, 3.1독립운동이 일어났던 시기에는 '성미'로 모아진 돈을 독립자금과 학교를 운영하는 자금으로 보태면서 동학 정신이 구현되었듯이 오늘날 방정환한울어린이집에서는 '나누미'로서 그 정신을 이어가고자 노력하고 있습니다.

소파 방정환 선생님과 소춘 김기전(小春 金起田) 선생님이 함께 만든 것으로 추정되는 제1회 어린이날 선전문구를 보면, '재래의 윤리적 압박, 재래의 경제적 압박으로부터 어린이를 해방해야 된다.'는 문구가 있습니다. 그것이 지금도 온전히 해결이 되었다는 생각이 안 들지만, 우리나라가 처한 현실적 문제로 남과 북의 분단은 어린이들의 삶에도 주체적인 주권을 가지는데 억압의 요소로 남아있다고 생각합니다. 어린이들의 진정한 해방을 위해서는 하루라도 빨리 평화적 통일이 되어야 할 것입니다. 그런 의미에서도 '나누미'는 오늘날 동학 정신의 구현인 셈이다.

'어린이는 한울입니다'라는 슬로건으로 시작하여 3년이 지나는 지점에서 우리는 한 걸음 더 나아가 '스스로 자라고 서로 배우는 기쁜 어린이'라는 말로 지향점을 구체화 할 수 있었습니다. 방정환 선생님의 말씀에서 '기쁜 어린이'라는 어린이상을 찾아내었을 때 무엇보다 기뻤습니다. 더불어 방정환 교육철학을 정리한 논문이 발표되기도 하였습니다. 『방정환 말꽃모음』(단비)도 방정환한울학교 첫 번째 책으로 출간하는 성과가 있었습니다. 곧 방정환교육철학의 이론과 실재, 방정환교육철학을 실천한 이야기가 또 한 권의 책으로 묶어질 계획이고, 그동안 《개벽신문》에 연재되었던 글들도 산문집으로 묶어져 나올 예정입니다.

5년이란 시간을 보내면서 누가 방정환한울어린이집의 핵심이 뭐냐고 묻는다면 저는 '마음'이라고 이야기 하겠습니다. 마음을 살피고, 마음을 나누고, 마음을 키우고, 마음의 주인이 되는 어린이와 어른으로 함께 자라고 싶은 꿈을 꾼다고 말하겠습니다.

지금까지 실천해 온 내용들을 많은 어린이들과 부모님들께 알리는 양적 성장과 더불어 끊임없이 동학의 모심사상(侍天主)을 바탕으로 한 방정환 교육철학을 지금 여기에서 구현해 내는 연구와 노력이 앞으로도 풀어가야 할 숙제입니다. 여기까지 함께해 준 많은 분께 큰절로 감사의 마음을 전합니다. 나머지 길도 함께 손잡고 걸어주시기를 두 손 모아 당부드립니다.

방정환한울어린이집에서 자연과 어울리는 법을 배운 아이는
텃밭책놀이터에서 자연을 활용하는 법을
스스로 터득해 나간 듯합니다˚ … 풀 한 잎 ˊ마른가지 하나까지
필요하지 않은 건 꺾지 않는 마음까지 배운 탓에
엄마는 걱정이 없어요˚

"이곳이 아니면 어디에서 이렇게 아이들이
자유롭게 놀 수 있을까요?"

- 방정환한울어린이집 산들맘(산,들,마음) 참가자 후기

산들맘(산 · 들 · 마음) 일지

해와 달이 어머니(2016.1.19)

올해 들어 가장 추운 날인 듯합니다. 바람도 장난이 아니네요. 걱정을 하면서 나들이를 나갔습니다. 논에 고인 물이 얼어있기를 바랬는데, 가려고 했던 논에 물이 말라 얼음이 없었습니다. 다른 논으로 이동해서 조그맣게 얼음이 언 곳에서 아쉽게 놀고 있는데, 소변 보러갔던 강이가 좋은 얼음을 찾았습니다. 넓어서 아이들이 놀기에 딱이었습니다. 발 스케이트를 신나게 탔습니다. 보리는 선생님이 썰매 태워 준다고 꺼내놓은 돗자리로 연 날리는 시늉을 하며 놀았습니다. 바람과 추위는 아이들 놀이를 방해할 수 없나봅니다. 콧물이 흘러도 신나게 뛰어 노는 모습에 덩달아 저도 신이 납니다.

구름이 어머니(2016.2.24)

창밖을 보니 퐁퐁퐁 눈이 오네요. 2월에 갑자기 큰 눈이 한번씩 왔었는데 오늘은 쌓이지 않을 것 같아 아쉬워요. 아이들은 눈이 마냥 반가운 모양입니다. 솔방울 산에서 놀다가 하늘반 형님들이 지난번 낙엽이 수북한 그 길로 원까지 걸어가자고 합니다. 민이는 나뭇가지로 낚싯대라며 낙엽들을 물고기처럼 잡아 올립니다. 개울가를 보고 안 들어가 보면 섭섭한 아이들, 기어코 발을 담그네요. 빨리 날이 따뜻해져서 마음껏 물놀이를 할 수 있으면 좋겠습니다. 외나무다리에서도 아이들은 겁도 없어요. 잘도 뛰어서 갑니다. 혹시나 떨어질까봐 심장이 콩닥콩닥했는데, 저만 그랬나봐요.

민이 어머니(2016.4.5)

처음 하는 산들맘이어서 어젯밤부터 무척 설레고 긴장되고 했답니다. 아침에는 날이 선선했는데 솔방울산을 오르자마자 따스한 햇볕이 온몸에 내리쬐니 송글송글 땀이 맺혔습니다.

하늘반 형님들은 흙집 만들기를 하느라 흙주머니를 냉큼 들어다 올리는 모습이 멋진 형아들처럼 보였습니다. 아이들은 가끔 친구들과 다투기도 하고 울기도 하고 넘어지기도 하고 달래기도 하는데 힘을 합쳐서 뭔가를 만들고 있는 모습을 보니 흐뭇하고 뿌듯합니다. 솔방울산은 익숙한 탓인지 새로운 곳을 찾는 아이들도 있네요. 한편 작은 벌레나 꽃 하나하나에 관심 갖고 궁금해 하는 친구들이 있어서 아이들의 다양한 속도를 맞추기가 조금 힘드네요. 마음 같아서는 계속 앉아서 이야기하며 놀고 싶었지만 기다리고 있는 친구들이 있어서 아쉬운 발걸음을 옮겼어요. 이것도 '배려'를 배우는 방법이겠죠? 서로 배우겠습니다. 고맙습니다.

영이 어머니(2016.4.7)

비가 와서 간단하게 마을길을 산책하기로 했는데, 우리 친구들에게 '간단'이란 건 없는 것 같아요. 지렁이 구하기, 낙숫물 맞기, 운동기구로 놀기, 산초잎 먹어보기 등 짧은 시간에 엄청난 활동들을 합니다. 비가 와서 불어난 개울물을 거슬러 올라가며 물놀이도 합니다. 개울물이 제법 세서 살짝 걱정이 앞섰는데 아이들은 익숙하게 잘 놉니다. 선생님 말씀처럼 펄떡거리며 강물을 거슬러 오르는 연어들 같았어요. 장난감을 굳이 쥐어주지 않아도 자연 속에서 무한하게 창의적으로 노는 모습에 많은 생각을 하게 해 준 나들이였습니다.

희야 어머니(2016.5.18)

오늘은 풍욕하러 왔어요. 5월 중순이라 날도 덥고 햇볕도 따사로웠어요. 아이들 이제 런닝만 입히면 되겠어요. 산들맘 안했으면 내일도 내복 입혀서 등원시켰을 거예요.

금동이(어린이집 강아지)랑 풍욕하고 내려와서 개울물에 발을 담그고, 큰 아이들은 팬티만 입고 수영도 했답니다. 오디나무에서 오디를 따먹고, 많이 딴 아이들은 나눠주기도 하고, 어떤 아이들은 자기만 먹겠다고도 하고… 체험할 거리가 많아서 점심시간에 맞춰 내려오기가 힘들었습니다. 물가에서 논 아이들 젖은 옷 갈아입히고, 신발 신기고, 가방 챙기고… 선생님들의 너무 많은 수고에 감사한 마음이 절로 났습니다. 고맙습니다.

은이 어머니(2016.5.23)

용담정 근처 저수지 쪽으로 걸어서 나들이를 했어요. 나들이 하다 보니 열매를 발견해서 선생님들의 지도하에 아이들이 몇 개씩 먹었어요. 혹시나 아이들이 선생님들의 지도가 없이 먹어 본 거라고 아무데서나 따 먹을까봐 조금 걱정이 되었어요. 옛날 같지 않아서 농약을 뿌리기도 하니까 꼭 선생님께 물어보고 먹도록 해 주시면 좋겠어요.

승이 어머니(2016.6.8)

오늘은 하늘이 어머니가 급한 일이 있어서 제가 대신 산들맘을 오게 되었어요. 지난번 교육에서 세시풍속에 대해 배운 뒤로 관심이 많았는데 작년에 이어 올해도 체험을 함께 할 수 있어서 좋았습니다. 수리취떡 만들기, 창포물에 머리감기, 단오선 만들기 등등 작년과 달리 엄마들 없이 아이들이 직접해 보는 체험이라 자기 마음대로 체험을 즐길 수 있다는 점에서 좋았던 것 같아요. 함께 하지 못하는 엄마들은 아쉬운 마음이 들겠지만… 색다른 체험을 한 산들맘이었습니다.

달이 어머니(2017.7.13)

일 년 중 가장 덥다는 삼복더위 초복을 하루 지난 오늘 친구들과 함께 나들이 다녀왔습니다. 더위를 피해 어어컨을 틀어놓은 실내에서만 지내는 어른들의 모습과 달리 더운 날씨에도 아랑곳하지 않고 아이들의 놀이는 오늘도 신이 나네요.

나무 그늘 밑에 삼삼오오 모여 앉아 이야기도 하고 나뭇가지를 가지고 장남감을 만들며 놀기도 합니다. 가을이 오기도 전에 날아다니는 잠자리를 잡느라 혹은 놓칠세라, 긴장하고 애쓰는 모습들을 구경하며 여름 더위를 즐겨보았습니다. '루뻬' 저는 처음 본 이 도구가 참 신기합니다. 관찰 놀이를 하는데 유용할 듯싶어 하나 구입해야겠어요. 자연 속에서 그냥 자연인 듯 노는 아이들의 모습에 즐거운 시간이었습니다.

솔이 어머니(2017.9.1)

가을입니다. 긴소매 옷을 꺼내 입고서 아주 오랜만에 산들맘을 하러 가는 발걸음이 가볍습니다. 자연을 만나고, 아이들을 만나러 갑니다. 그런데 오늘이 어린이집 3살 생일이네요. 함께 축하하며 지난 시간을 떠올려 봅니다. 믿음이 있었기에 솔이를 잘 보낼 수 있었단 생각을 합니다. 진심으로 애쓰셨고 축하드립니다. 짧은 시간이었지만 맘 청소를 할 수 있었습니다. "자주오세요" "네" 여기는 이런 곳입니다. 아이뿐만 아니라 어른인 저도 쉼이 되고 치유를 할 수 있는 곳이요.

빈이 어머니(2017. 9. 21)

오늘은 텃밭에 고구마를 캐러 갔습니다. 따사로운 햇살 아래 가을 날씨를 느끼며 호미를 하나씩 들고 그동안 애쓰게 키운 고구마를 캤습니다. 하나의 싹 아래에 고구마가 주렁주렁 달려 있습니다. 땅속에 파묻힌 고구마를 발견할 때마다 아이들의 함성이 쏟아집니다. 살아있는 교육이 이루어지는 현장이었습니다. 큰 바구니에 고구마를 싣고 옵니다. 간식으로 맛있게 먹겠지요. 직접 키우고 수확하며 배우는 생태교육 정말 참교육입니다.

바람이 어머니(2017.11.29)

어린이집에서 세 번째로 축하받는 바람이의 일곱 번째 생일이었습니다. 햇님반 은하수만 하늘만 친구들이 모두 축하해주네요. 점심 시간에 밥을 생일을 맞은 바람이와 저에게 특별한 식기에 예쁘게 담아 주셔서 너무 기분이 좋았습니다. 은하수반 친구들과 마당에서 어린이집 차를 기다리는 동안 놀이를 합니다. 역시 아이들은 밖에서 노는 모습이 가장 아름답다는 생각이 듭니다. 오늘은 생태목공하러 텃밭책놀이터로 갑니다. 모래를 퍼서 올리고 돌을 주워 담고 제법 오랫동안 일을 합니다. 그 뒤로는 벌레 잡는 아이, 돌 줍는 아이 뛰어다니는 아이… 즐거워 보입니다. 따스한 햇살, 바람도 거의 없고 아이들 뛰어다니며 웃는 소리를 들으니 평화롭기 그지 없습니다. 한참 동안 그런 모습을 보고 있자니 저도 마음에 평화가 찾아옵니다.

우 어머니(2018.2.2)

한파의 기세가 잠깐 주춤한 날 오전 오늘은 텃밭책놀이터 가는 날입니다. 오늘은 무얼하며 놀지? 오늘은 어떤 일이 벌어질까? 궁금한 마음으로 차에 오릅니다.

'진욱이는 말랐어…' 노래를 들으며 출발. 따뜻한 난로가 있는 텃밭책놀이터 교실에서 따뜻한 유자차를 마시며 언 몸을 녹입니다. 날씨가 풀리긴 했지만 산 아래라서 그런지 춥습니다. 아리샘이 들려주는 옛 이야기를 두 눈을 반짝이며 듣고, 밖으로 나가 난로에 사용할 불쏘시개를 줍기 위해 손수레를 끌고 갑니다. 가는 동안 손수레가 근사한 마차가 되기도 합니다. 장작나무더미가 즐거운 놀이터가 되는 모습을 보면서 이런 환경에서 놀고 배울 수 있는 것에 감사함을 느낍니다.

햇살 어머니(2018.3.19)

촉촉히 봄비가 내리는 날입니다. 어른이 되고나서는 처음으로 제대로 비를 느껴본 날입니다. 내리는 비를 그대로 맞으며 빗속에 뛰어 노는 아이들의 모습을 보며 기분 좋은 시간들이었습니다. 물기를 가득 머금은 용담정의 자연은 싱그러움 자체였습니다. 맑음 공기, 쏟아지는 시냇물 소리, 깨어나는 대지를 온몸으로 느낀 감사한 시간입니다. 시간이 좀 더 길었으면…, 살짝 아쉬움도 남습니다.

방정환텃밭책놀이터 참가자 후기

보리(가명) 어머니

큰아이의 방정환한울어린이집 졸업이 다가올수록 엄마에겐 걱정거리가 늘어갔어요. 첫 학교와 낯선 곳에서의 적응은 당연하지만, 어린이집에서의 자유와 바깥놀이를 더 이상 누릴 수 없다는 생각에 한없이 안타까웠어요. 다행히 방정환텃밭책놀이터가 생겼고 고작 일주일에 두 번 6시간이지만 자유로운 놀이가 가능했기에 마음이 놓였습니다. 7살 큰아이에겐 동생이 한 명 더 늘어 낯선 환경과 엄마의 빈자리를 채울 무언가가 꼭 필요했던 터라 더욱 간절했었죠. 주택에서 나고 자랐지만 아쉽던 놀이의 갈증을 텃밭책놀이터에서 원 없이 해소한 듯합니다. 갈 때 단정했던 옷차림은 늘 젖거나 얼룩지고 때로는 찢어져서 돌아오기도 했는데, 한숨을 쉬면서도 즐거웠을 아이 생각을 하면 기분이 좋았어요. 사계절 어느 한 계절도 쉼 없이 함께 놀아준 아리 선생님 덕분에 아이들도 즐겁게 달려온 2년이었습니다. 흙탕물 마당에서의 수건돌리기, 도랑에서 처음으로 찾아낸 알을 밴 가재, 아이들의 이름을 목에 건 나무심기, 비석치기, 사방치기, 낙엽 미끄럼틀, 엄마의 재봉틀을 늘 부러워했던 보리의 맘을 아시기라도 한 듯 바느질까지…. 그리고 마법 같았던 아리 선생님의 요리들, 언제부턴가 동지팥죽은 텃밭에서 맛보게 되었어요. 보리가 어른이 되어서 어린 시절을 되돌아볼 때 꽃, 나무, 흙, 물, 얼음, 낙엽, 물고기와 같은 자연과 함께 했던 추억을 더 많이 떠올릴 수 있으면 좋겠다는 생각을 합니다.

보리와 저는 산이나 들로 나들이를 가면 참 즐겁습니다. 접시꽃잎으로 닭을 흉내 내고 강아지풀로 간지럼을 태우고 이름 모를 풀로는 우산도 만들지요. 코스모스 씨앗을 뿌리기도 하고 도토리를 주워 묵을 만들어 먹자고 약속도 합니다. 밤을 주워다가 군밤도 해 먹고 말려서 밥에 넣기도 하구요.

방정환한울어린이집에서 자연과 어울리는 법을 배운 아이는 텃밭책놀이터에서 자연을 활용하는 법을 스스로 터득해 나간 듯합니다. 자연물을 그릴 땐 망설임이 없어요. 모두 눈으로 보고 손으로 만져본 것들이니까요. 풀한 잎, 마른가지 하나까지 필요하지 않은 건 꺾지 않는 마음까지 배운 탓에 엄마는 걱정이 없어요. 나들이만 나가면 얼굴에 생기가 돌고 장난감이 없어도 흙만 있다면 끼니를 잊을 만큼 즐거워해요. 그런 모습을 볼 때면 뭉클해집니다. 그런 아이의 모습을 지켜주고 싶습니다.

콩(가명)이 어머니

처음 콩이가 탐바에 간 게 5월인 거 같은데 시간이 참 빠르네요. 학교 가서 적응하기가 힘들어 저는 힘든 이 한해가 얼른 가기만 바랬어요. 정작 지금 돌이켜보면 콩이는 지나가는 과정, 커가는 과정인데 제가 오히려 적응을 못한 게 아닌가 싶네요. 탐바를 다니고부터 밝은 모습에 저도 늘 기뻤고 금요일을 기다리는 모습에 뭐가 저렇게 즐거울까 궁금하기도 했어요.

늘 아이의 관점에서 아이 시각으로 대해 주시는 선생님의 역할이 크다는 것을 알았어요. 학교에서는 탐바를 간 이후 더 붕붕 떠서 산만하다고 안 보내길 권하셨지만 자연에서 몸으로 놀 수 있는 시간이 더 소중하다 생각을 했어요. 이곳이 아니면 어디에서 이렇게 아이들이 자유롭게 놀 수 있을까요? 장난이 심하고 워낙 활동적이고 자기 제어가 약하다보니 선생님께도 함께 다니는 친구들에게도 피해가 되지 않을까 많이 염려했고 그래서 지속적으로 콩이와 얘기를 많이 했어요. 분명 나아질 거라고 믿고, 마음먹고 기다려 주었더니 시간이 지나면서 조금씩 좋아졌어요.

방학동안 엄청 가고 싶어 하고 있구요. 뭐가 그렇게 좋으냐고 물으니 선생님이랑 맛있는 것도 같이 해 먹고 축구도 하고 우형이랑 종형이 있어서 좋다고 하네요.

늘 사람이 그리운 콩이입니다. 이렇게 밝은 모습으로 계속 크길 바래봅니다. 가서 보지 않아도 늘 애쓰시고 얼마나 고생이실지 다 보여요. 너무 감사합니다.

에필로그

방정환 선생님이 늘 강조했듯이
자연에서 그 답을 찾자

어린이운동가나 동화작가로 알려진 방정환 선생님은 우리나라 교육의 지평을 열어준 교육철학자이기도 합니다. 그런데, 방정환 이름을 딴 배움터 하나 제대로 없다는 점, 교육철학을 정립하지 못하고 있다는 점을 반성하며 그 뜻을 살려내는 일을 어디서부터 시작해야 할까? 그런 질문들로부터 시작했습니다. 처음은 어린이집이었습니다. 가장 먼저 배움을 만나는 이들부터 시작하자, 방정환 선생님이 늘 강조했듯이 자연에서 그 답을 찾자. 그래서 매일 나들이를 나갔습니다. 봄, 여름, 가을, 겨울. 비가 오나 눈이 오나 바람이 많이 부는 날에도 숲으로 들로 마을로 나들이를 갔습니다. 그럴싸한 프로그램을 먼저 설정하기보다 현장에서 체험하고 도전하고 관찰하면서 스스로 알아가는 힘을 가진 존재가 어린이라고 믿었습니다.

아침 등원을 하게 되면 원으로 둘러서서 선생님과 함께 큰 절('함께절')을

마음을 살피고′ 마음을 나누고′ 마음을 키우고′
마음의 주인이 되는 어린이와 어른으로 자랄 수 있도록
돕는 것이었다′ 그 과정에서 오히려 내 마음이 더 우쭐우쭐 자랐다°
수많은 흔들림 속에서 중심을 잡을 수 있는
'그 신성한 마음'을 만나는 시간이었다°

합니다. 그리고 '맑은물' 시간, 찻잔에 물 한 잔을 따라서 그 날 그 날 자기의 마음을 담습니다. 그리고 그 마음을 함께 마십니다. 아이들의 현재 상태를 알 수 있는 기회가 되고 소망과 희망을 엿보는 시간이 됩니다. 나들이를 나서기 전에 우리 모두, 자연속의 천지만물까지 평등하고 귀한 존재임을 스스로 새기는 소리 '마음소리'를 외치기도 합니다.

어린이집에 왔던 아이들이 졸업을 하고 초등학생이 되었습니다. 숲에서 일어나는 호기심과 탐험을 좀 더 연장하고 싶다는 요구가 있었습니다. 방과 후 교실을 열었습니다. 방정환텃밭책놀이터라는 이름으로 텃밭과 그림책도서관이 어우러지는 터전을 만들었습니다. 그리고 아이들은 '탐험하는 바람'이 되어 산들놀이, 텃밭가꾸기, 책놀이, 예술놀이, 요리와 바느질 등 아이들이 스스로 할 수 있는 힘을 키워가는 활동을 하고 있습니다. 아이들을 관찰하면서 희망을 보기도 하고, 섣부른 간섭과 의도에 좌절하기도 했습니다. 아이들은 자랐고 그 아이들을 지켜보는 어른도 함께 성장하기 위해 노력하고 있습니다. 그러는 동안 5년이 흘렀습니다.

이 책은 그 현장의 이야기이며 기록이라고 말하기엔 아쉬움이 많습니다. 내가 볼 수 있고 느낄 수 있는 만큼 쓴 글이다 보니 미처 살피지 못한 것도 있고 빠트린 이야기도 많습니다. 또 5년 전의 글들에서는 이미 바뀌거나 새롭게 정리된 것들도 있습니다. 그런 한계에도 불구하고 당시의 상황과 마음을 엿볼 수 있다는 것에 의미를 두고 매듭 하나를 묶고자 합니다. 이 가시적인 매듭을 통해 평가와 조언을 얻을 수 있는 기회와 향후 5년을 바라볼

수 있는 혜안이 열리기를 기대하는 마음이 큽니다

생태교육을 시작하려는 어린이집 등 유아교육기관이나 선생님들, 어린이들의 생태교육 현장에 계신 분들, 그리고 새롭게 시작하고자 하는 분들께 이 책이 작으나마 도움이 된다면 보람 있는 일이 될 것입니다.

마음을 살피고, 마음을 나누고, 마음을 키우고,
마음의 주인이 되는…

지금 와서 돌이켜 보면 가장 하고 싶었던 것은 마음을 살피고, 마음을 나누고, 마음을 키우고, 마음의 주인이 되는 어린이와 어른으로 자랄 수 있도록 돕는 것이었습니다. 그 과정에서 오히려 내 마음이 더 우쭐우쭐 자랐습니다. 수많은 흔들림 속에서 중심을 잡을 수 있는 '그 신성한 마음'을 만나는 시간이었습니다.

어린이집을 만든 뒤 5년여 동안《개벽신문》에 연재해 온 글이 막상 책으로 묶여져서 나온다고 하니, 고마운 사람들이 줄줄이 생각납니다. 첫 걸음에 기운을 모아준 130여 명의 후원자님들과, '지지고 볶는' 그 숱한 회의에 함께 했던 방정환한울학교 임원진들입니다. 믿고 아이들을 맡겨 준 부모님들과 무엇보다 열악한 조건에서 현장을 지켜 준 원장님들, 그리고 매일 산으로 들로 아이들을 따라 나서며 한계를 몇 고비씩 넘어 준 선생님들입니다. 그 분들께 온 마음을 담아 큰 절로 감사의 마음을 전합니다.

바쁜 엄마를 둔 탓에 늘 엄마가 고팠을 텐데도 불구하고 엄마가 하는 일을 지지해 주는 나의 사랑하는 현주, 여울, 형준이와 불편을 감수해 준 남편한테도 하늘땅만큼 고마운 마음으로 이 책을 바칩니다.

글을 쓰던 사람이 아닌지라 거칠었던 글을 제대로 다듬어 주고, 멋지게 꾸며준 '도서출판 모시는사람들'의 박길수 대표님께도 깊은 감사를 드립니다.

마지막으로 인연이 있어 이 책을 우연히 읽게 될 그 분께, 책 속의 이야기가 마음을 따뜻하게 하는 한 줌 햇살이 되기를 소망해 봅니다.

서로 배우고 함께 자라요

등록 1994.7.1 제1-1071
1쇄 발행 2021년 2월 15일

지은이 최경미
펴낸이 박길수
편집장 소경희
편 집 조영준
관 리 위현정
디자인 이주향
삽 화 전여울
펴낸곳 도서출판 모시는사람들
        03147 서울시 종로구 삼일대로 457(경운동 수운회관) 1207호
전 화 02-735-7173, 02-737-7173 / 팩스 02-730-7173

인 쇄 (주)성광인쇄(031-942-4814)
배 본 문화유통북스(031-937-6100)
홈페이지 http://www.mosinsaram.com/

값은 뒤표지에 있습니다.
ISBN 979-11-6629-007-7 03810

이 도서의 국립중앙도서관 출판예정도서목록(CIP)은 서지정보유통지원시스
템 홈페이지(http://seoji.nl.go.kr)와 국가자료공동목록시스템(http://www.
nl.go.kr/kolisnet)에서 이용하실 수 있습니다.(CIP2020049788)